훌리와 까딸리나의

멕시코 여행

롤리와 까딸리나의 멕시코 여행

멕시코 친구들과 함께 한 두 여자의 시시콜콜 여행기

초판 1쇄 펴낸날 2008년 7월 17일 ‖ 지은이 신현주, 윤진성 ‖ 펴낸이 오휘영
펴낸곳 나무도시 ‖ 신고일 2006년 1월 24일 ‖ 신고번호 제406-2006-000006호
주소 경기도 파주시 교하읍 문발리 파주출판도시 529-5 ‖ 전화 031.955.4966~8 ‖ 팩스 031.955.4969
전자우편 klam@chol.com ‖ 편집 남기준 ‖ 디자인 박선아
필름출력 오렌지P&B ‖ 인쇄 우성인쇄

ISBN 978-89-950969-8-7 03810
지은이와 협의하여 인지는 생략합니다. ‖ 파본은 교환하여 드립니다.

정가 12,800원

롤리와 까딸리나의

멕시코 여행

신현주, 윤진성 지음

멕시코 친구들과 함께 한
두 여자의 시시콜콜 여행기

나무도시

일러두기 _ 지명과 인명 표기를 어떻게 해야 할지 좀 고민이 되었다. 멕시칸들은 ㅋ, ㅌ, ㅍ와 같은 격음 발음이 없다. 일례로 칸쿤을 멕시칸은 깐꾼으로 발음한다. 그런데 외래어 표기법이 영어 위주로 되어 있는 탓이겠지만, 국내에서는 대부분 테오티우아칸, 몬테레이, 소칼로 등으로 표기하고 있다. 고심 끝에, 그래도 메히꼬의 분위기가 느껴지는 게 좋을 듯해, 가급적 그들의 발음을 따랐다.

Los Quiero Mucho Mis Amigos!

Aleks, Cinthia, Gustavo y Jorge.

책을 펴내며

#두 아줌마의 여행 수다

by Rolly

진짜 책으로 엮어질 지 몰랐다. 이럴 줄 알았으면 좀 더 꼼꼼히 보고 오는 건데 싶기도 하지만, 그랬더라면 너무 기획된 여행서가 되었을 것도 같다.

이 책은 그냥 두 아줌마의 여행 수다이다. 멕시코 여행 이야기를 흥미진진하게 들어주던 친구들의 응원에 힘입어 엮여진 책이니, 그저 그런 재미로 읽어주었으면 싶다. 여행정보야 인터넷에 더 자세히 나와 있으니 우린 우리가 몸으로 겪은 이야기만 담았다. 멕시코를 알려주기보단 독자들과 함께 다시 한번 멕시코를 느끼고 싶었기 때문이다. 아직까지도 귓가에는 낯익은 멕시코 친구들의 정겨운 목소리가 맴돌고, 눈가에는 캐리비안 해변의 옥색 물빛이 넘실거릴 정도로 여행의 행복한 여운이 남아 있는데, 그 마음이 읽는 이들에게 전해지려나 모르겠다.

나는 여행서를 무척 좋아한다. 비록 가보지 못하더라도 가본 사람의 생생한 체험이 나의 상상력을 자극해서, 난 화장실 안에 앉아서도 티벳이며, 카오산로드, 스페인의 산티아고, 남미의 오지까지 세계 각지를 여행할 수 있었다.

부디 이 책이 독자들을 멕시코의 멋진 캐리비안 해변으로, 또 떼오띠우아깐과 치첸이트사, 멕시코시티의 소깔로까지 데려다줄 수 있기를 감히 바래본다. 그리고 나와 같은 아줌마들이 이 책을 통해 혼자 떠날 수 있는 용기를 갖게 되길.

이 책에 등장하는 멕시코에 있는 나의 친구 알렉스, 신띠아, 호르께, 구스따보와 그 가족들 그리고 캐나다에 있는 소피아와 래리에게 고마움을 전한다. 또 게으른 내가 그들과 자그마치 6년 동안 계속 연락할 수 있도록 해준 메신저. 너는 정말 재간둥이다.

또 내가 떠날 수 있도록 딸 챔을 돌봐준 엄마 김옥선 여사와 동생 현진에게 특별히 고맙다.

그리고 나에게 결혼 10주년 선물로 '진짜 휴가'를 선사해준 나의 남편 쭌과 딸 챔에게 감사의 마음과 함께 앞으로도 지속적인 지원을 다시 한번 요청하는 바이다.^^

그리고, 까딸리나
우리 다음엔 어디로 갈까?

#잊지 못하고 돌아오다, 하지만……

by Catalina

어느 순간부터 길을 걸을 때 속으로 말하곤 했다.

'고개를 들어라, 고개를 들고 걸어라.'

그것 외에 어떤 것도 생각하지 않으려고 같은 말만 되뇌었다.

정말이지 얼이 빠져 있던 나는 모든 것을 잊으려고 롤리의 뒤통수를 보며 길을 떠났다. 그러나 아무것도 잊지 못하고 다시 돌아오고 말았다.

한 번 떠난 것으로도, 100번의 악몽으로도, 1000번의 울음으로도, 10000번의 소원으로도 잊혀지지 않는 일이 있다면 잊지 말아야 한다는 걸 알았다.

한 번 떠난 것으로, 100번의 악몽으로, 1000번의 울음으로, 10000번의 소원으로는 나는 다른 사람이 되지 못했다.

하지만, 조금, 아주 조금씩 더 나은 사람이 될 수는 있을 것 같다.

긴 인생에 매일매일 조금씩 나아지며 살려고 노력 또 노력중이다.

'고개를 들고 걸어라' 는 '고개를 들고 걸을 수 있는 사람이 되라' 는 말과 같았다.

친구 따라 강남 갔다가 책까지 내게 됐다.

여행을 떠나기로 결심한 것은 같이 가는 사람이 롤리였기 때문이다.

멕시코에서 호르께, 알렉스, 신띠아, 구스따보, 그리고 그들의 부모님까지 만나게 된 것도 롤리 때문이다.

마음에 들지 않으면 아무 말하지 않고 버틸 수 있었던 것도 곁에 있는 사람이 롤리였기 때문이다.

다 롤리 덕분이다. 고마운 마음이 지워지지 않게 책에 써 넣는다.
또 한 사람……
내 오랜 친구이자, 남편이고, 부모이고, 내 아이이기도 한, 호 덕분이다.
그리고 또 한 사람……
매일 기도하는 엄마 덕분이다.

언제 다 갚을 지 걱정이다.

CONTENTS

CONTENTS

#폴리와 까딸리나의 발자국을 따라
바모스 아 메히꼬!

캐나다 온타리오호에서

멕시코시티 소깔로에서

산루이스 포토시에서

플라야 델 까르멘에서

토론토

Toronto

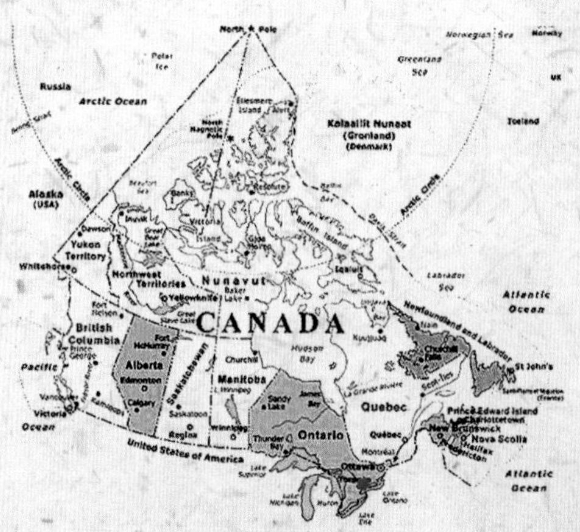
North Pole
Norwegian Sea
Norway
Greenland Sea
Russia
Arctic Ocean
Kalaallit Nunaat
(Gronland)
(Denmark)
Iceland
Alaska
(USA)
Yukon Territory
Whitehorse
Northwest Territories
Nunavut
Yellowknife
Labrador Sea
Atlantic Ocean
CANADA
British Columbia
Alberta
Edmonton
Calgary
Saskatchewan
Regina
Manitoba
Winnipeg
Churchill
Hudson Bay
James Bay
Ontario
Quebec
Newfoundland and Labrador
St John's
Prince Edward Island
New Brunswick
Nova Scotia
Pacific Ocean
Victoria
United States of America
Ottawa
Montréal
Atlantic Ocean

출발 하루 전 롤리네 집

- 근사한 결혼 10주년 선물
- 여행 준비물 체크리스트

까딸리나 떠나기 전 짐 싸기 마음 싸기

롤리가 멕시코에 가야 하는 이유

- 노쁘로블레마
- 배신과 시련의 여행준비 - 1년 프로젝트
- 예약하기 - 항공권 숙소

흔히 있는 비행기 연착일 뿐이야

- 불안의 정체는 무엇인가

토론토에서 만난 팀 홀튼과 온타리오호

나이아가라 궁상

캐나다 친구 만나기 - 래리와 소피아

#출발 하루 전, 롤리네 집

by Rolly

터질 듯한 여행용 가방의 지퍼를 겨우겨우 닫고, 테스트 삼아 방안에서 끌고 다녀본다. 휘청휘청, 가방 무게에 몸이 휘둘린다. 이건 가방이 아니라 완전 돌덩이다. 다시 뚜껑을 열었다. 론리플래닛 멕시코, 론리플래닛 토론토, 스페인어 회화책, 문법책, 사전까지……. 이 책들이 문제다. 이걸 다 들고 간다고 들여다보기나 할까? 남편은 곁에서 고개를 절레절레 흔든다.

여행자 수칙 첫 번째, 짐을 줄일 것! 그동안 읽어온 여행서마다 한 목소리로 당부하던 것이 아닌가. 그래 좀 줄이자. 근데 뭘 빼지? 여행가이드야 필수이고, 스페인어 회화책이랑 사전도 꼭 필요하고, 문법책은…… 혹시라도 필요하면 어쩌란 말이냐. 결국 도로 다 집어넣고 만다. 고3 시절 내내 전과목을 짊어지고 다니다 결국 학력고사 당일까지 기어코 그 가방을 끌고 갔던 암울한 과거가 떠오른다. 역시 사람은 쉽게 변하지 않는가 보다. 엄만 자라다 만 내 키의 원인이 그때 메고 다니던 가방 때문이라고 지금도 굳게 믿고 계신다.

챙겨 넣은 옷들도 너무 많다 싶지만 민

소매에 반바지 등 얇고 가벼운 옷들이라 빼나마 나다. 그나마 더운 곳으로 가길 망정이다. 그나저나 이 옷들을 내가 잘 소화할 수 있으려나. 실은 대부분이 내게 적용되기에는(?) 꽤 과감한 스타일이다. 멕시코의 더운 날씨가 핑계지만 실은 여행지에서나마 소심한 일탈을 감행해보고 싶은 것이 진짜 속내이다. 국내에서는 엄두도 못 낼 야시시한 옷들을 맘껏 입어볼 작정인 것이다. 이런 게 여행이 주는 즐거움 중 하나가 아니겠는가. 호호호. 신혼여행 때 딱 한 번 입었던 비키니까지 챙겼다. 여행 중 뱃살이 조금이나마 줄어들길 바라면서…….

남편의 짐검사가 시작됐다. 나와 정반대로 꼼꼼한 그는 늘 걱정이 많다. 그는 복사한 여권과 여분의 증명사진, 그리고 비상용 신용카드를 3군데로 나누어 가방 깊숙이 챙겨두었다고 내게 잊지 말 것을 신신당부한다. 뭐든 흘리고 잃어버리는 내가 안심이 안되는가 보다. 무사태평에 지극히 낙관론자인 나, 늘 질질 흘리는 반면 무엇이든 버리지 않아 정리되지 않은 짐보따리 들고 다니는 게 특기인 나, 롤리는 여행 전날까지 가방도 못꾸린 채 그저 잘 다녀오리라는 막연한 자신감만 충만하다.

근사한 결혼 10주년 선물

이번 여행은 여러모로 의미가 남다르다. 오래 전부터 다시 가고 싶었던 멕시코 여행인데다가 무엇보다 결혼 10주년을 맞이해서 '혼자' 떠나는 여행이기 때문이다. 무슨 결혼기념여행을 혼자 떠나느냐고 주위에선 말이 많았지만, 실은 이번 여행은 남편이 내게 주는 결혼 10주년 선물이다. 좀 우겨서 얻어낸 선물이지만, 결혼 10년차 주부에게 이보다 근사한 선물이 있을까?

아내에게 값비싼 보석을 선물할망정 아내 혼자만의 오롯한 시간을 선물할 수 있는 남편은 그리 흔치 않다. 게다가 애까지 있다면야 말해 무엇하랴. 실제로 주변의 한 지인은 내 여행 소식을 듣고 자신의 남편에게 부러운 듯 말했더니, 그 남편 왈 "당신도 어디든 얼마든 다녀와! 몇 달을 있다 와도 돼. 대신 애들 데리고." 이러더란다. 애 있는 집에서 아내란 이렇듯 옴짝달싹 하기 힘든 위치다. 반면 내 남편은 아이 데리고 갔다가 국제미아 만들 거라며 극구 혼자 가라고 한다.(-.-) 겉으로는 내가 못미더워 혼자 보내는 것처럼 말하지만, 실은 이왕 가는 거 제대로 여행을 즐기도록 배려하는 마음이라는 걸 안다. 아직 장거리 여행에 나서기엔 딸이 너무 어린 것도 사실이라 못이기는 척 받아들였다.

물론 대책 없이 떠날 수는 없다. 남편은 혼자 다 커버할 수 있다고 자신했지만, 가까이 사시는 친정엄마와 여동생에게 도움을 청했다. 엄마는 사위한테 괜히 미안해하면서도 당신 딸 생각해주는 그의 마음이 기특하신가 보다. 아이 걱정 말고 실컷 구경하고 오라고 응원해주는 엄마와 여동생 덕에 맘이 놓인다. 마지막으로 4살짜리 딸과의 협상에 들어갔다. 긴장되는 순간.

"저기…… 엄마가 멕시코로 여행을 다녀올건데…… 우리 딸 그동안 아빠랑 할머니랑 이모 말씀 잘 듣고 있을 수 있지?"

"나두 갈래!" (예상했던 반응)

"음…… 엄마도 너 데려가고 싶은데, 너는 아직 어려서…… 위험해서 못 데려가. 대신 멕시코에만 파는 멋진 공주님 드레스를 사다 줄게."

"…………" (고민하는 표정)

다행히 공주병을 앓고 있는 딸은 선물을 조건으로 엄마의 외유를 흔쾌히 허락해줬다.

"응, 엄마. 그럼 공주님 귀고리랑, 목걸이랑, 반지랑……."

추가주문이 끝없이 이어진다.

아이가 울고불고 매달리면 어쩌나 했는데, 우리 딸 참 쿨하다.

'챔. 다음 번엔 꼭 같이 가자. 약속!'

여행준비물 체크리스트

1. 여권, 복사본 2장, 사진 2장, 신분증
2. 국제면허증(운전면허증이 있을 경우, 면허시험장에 가면 바로 발급받을 수 있다.)
3. 의약품
4. 선글라스, 모자, 자외선 차단용 선크림
5. 옷(민소매, 반팔, 반바지, 긴팔, 긴바지, 원피스) 및 속옷
6. 선물(구스따보 결혼선물, 방문할 친구와 가족들 선물 - 복주머니 등 부피 작은 걸로)
7. 비자카드(기타 해외에서 사용가능한 신용카드)
8. 카메라, 충전기, 메모리카드(충분히 준비)
9. 세면도구, 화장품
10. 수영복(비키니 꼭 준비. 원피스 입는 사람 눈에 띔)
11. 책(바닷가에서 여유롭게 읽을 책, 스페인어 회화책 등)
12. 비행기 티켓 및 숙소 예약 영수증(e-ticket으로 신청해도 프린트는 꼭 해가야 함)
13. 우산
14. 신발(쪼리 또는 샌들, 운동화)
15. 돈(미화로 준비)
16. 친구들 연락처

#까딸리나 떠나기 전, 짐 싸기 마음 싸기

by Catalina

가져가야 하는 물건들을 다 내 놓자 12자 장롱이 들어가는 방이 꽉 찬 느낌이었다. 도대체 이 물건들이 여행 가방에 다 들어갈 지 의문이었다. 게다가 캐나다에 있는 래리는 소주를 부탁했고, 멕시코에 있는 알렉스는 초코 틴틴 과자 한 박스와 백세주를 원했고, 호르께는 닭볶음을 원해서 고추장이랑 된장까지 가방에 넣어야 할 판이었다. 이민 가방이 필요했다. 남편은 여행가방 하나에, 멜 수 있는 큰 배낭을 권했지만 대학생들 배낭여행도 아닌데 그러고 싶지 않았다.

멕시코에 가면 캐리비안 베이에 비키니를 입고 누워 있을 텐데, 캐나다에 가면 아침을 래리네 수영장에서 맞을 텐데 없어 보이게 웬 배낭이란 말인가. 휴가에 맞게 가볍고, 화려한 옷에 치마도 많이 넣었는데 치마 입고 배낭을 멘 모습은 상상만 해도 아니옳시다 였다. 방 가득 찬 물건들을 항아리에 김치 담듯 꾹꾹 눌러 담고 그래도 안 들어가는 물건이 있으면 또

다시 꾹꾹꾹 눌러 담았다. 마침내 손에 작은 핸드백만을 들 수 있게 정리가 되고 나니 한시름 놔졌다.

그제서야 알렉스, 호르께, 소피아, 래리, 구스따보 등 여행하면서 내가 만나야 하는 롤리의 친구들, 그들은 다 누구인가 하는 걱정이 슬며시 고개를 들었다.

떠나기 전날 밤, 간단하게 남편과 이별주를 마셨다. 그는 일과 상관없이 놀러 가는 나를, 처음으로 자기 아닌 다른 사람과 20일 가까이 되는 여행을 하는 나를, 낯선 사람을 경계하는 나를, 성격이 급한 나를, 외로움을 타는 나를, 그러나 지금은 혼자 있고 싶어 하는 나를, 장소가 바뀌면 화장실을 못 가는 나를, 어떤 감정이든 얼굴에 그대로 나타나는 나를, 자기에게 미안해하며 가는 나를 걱정했다.

처음 롤리가 여행을 제안했을 때 나는 인생에서 특별한 한 지점을 지나고 있었다. 나로 인해 누군가가 크게 상처 받았으며 나 역시 상처를 받아 움직일 수 없는 상태였다. 근 1년을 집에서만 지냈다. 모든 것을 잊고 싶었지만 달려도, 돌아누워도, 웃어도, 밥을 먹어도 잊고 싶은 것은 더욱 내게 달라붙어 있었다. 그로 인해 나는 정신과 몸이 반쯤 나간 상태로 비가 오는 것과 저녁별이 길게 드는 것을, 다시 새벽이 와 세상이 붉어지는 것을 오래오래 바라보고만 있었다. 그럴 때 롤리의 제안은 반갑기도 했지만 '될 대로 되라' 식의 마음을 내게 가져다주기도 했다.

'될 대로 되라, 어떻게든 되겠지. 설마 이대로 늙어 죽기야 하겠냐' 는 마음은 여행을 준비하는 동안에도 마찬가지여서 롤리가 호텔 예약이며 스케줄 정리, 비행기 예약 등을 혼자서 동동거리며 하고 있을 것을 알면서도 모른 척 넘겼다. 롤리가 집에서 회사일도 하고 애도 봐야 하고 집안일도 해야 한다는 걸 알면서도……. 롤리가 "여기 가보면 어떨까?" 물으면 "좋아", "여기 호텔은 어때?" 하면 "좋아", 뭐든지 좋다는 대답으로 허한 내 마음을 속였다. 롤리에게 미안했지만 달리 뭔가를 할 수는 없었다. 그 때 나는 누구에게도 도움이 안 되는 그런 인간이었다.

여행을 간다고 해 놓고도 밝아지지 않는 나를 보고 남편은

"새로운 친구들을 만들고 와. 세계 각지에 친구가 있다는 거 멋지잖아."

라며 꿈꾸듯 말했다.

용기를 주는 그가 고마웠지만 내가 다시 누군가의 친구가 될 수 있을까?

지금 있는 친구들도 건사를 못하는 주제에 그럴 수 있을까? 의심스러웠다. 남편이라면 단숨에 누구든 친구로 만들어 버릴텐데……. 마음이 무거워 이별주를 느리게 들어 단숨에 마셔버렸다.

'내가 누군가의 친구가 되지 못하고 와도, 떠날 때나 돌아 왔을 때나 하나도 변하지 않고 똑같은 사람이라도 넌 괜찮지?' 라고 물으며.

떠나는 마음에는 새로운 곳에 대한 기대보다는 잠깐 한국을 벗어난다는 안도감이 더 컸다. 새로운 곳에서 무슨 일이 일어날 지는 생각해 보지 않았다. 그저 롤리를 따라 다녀야지, 롤리 친구들에게 좋은 인상을 심어주어야지 정도였다. 공항으로 출발하는 날 아침, 집 현관에 서서 남편은 다시 한번 당부했다.

"롤리랑 싸우지 말고 잘 다녀."

"헤헤헤 걱정 마."

나는 철없어 보이라고 일부러 헤헤헤 웃었다.

내 웃음 끝에 남편이 한마디 더 붙였다.

"놀러 가는 애가 왜 이렇게 불쌍해 보이냐?"

"헤헤헤헤헤헤에에에…… 이이이히히히……."

어떻게 웃어야 할지 몰랐다.

우리는 서로에 대한 불안과 걱정, 미안함과 안쓰러움, 격려와 고마움이 범벅된 작별 인사를 했다. 작별 인사를 하고 몇 시간 후 토론토로 가는 비행기 안에서 나는 나 자신에게 말하고 있었다.

'꼭 이렇게 멀리까지 가야겠니? 그러면 잊혀지겠니?'

#롤리가 멕시코에 가야하는 이유

by Rolly

구스따보: 롤리, 나 결혼해.
롤리: 정말? 잘됐다. 축하해!
구스따보: 결혼식 보러 올 수 있니?
롤리: 움…… (갈 수 있나? 없나?
에라 모르겠다) 그럼 당연하지!

그렇게! 저질러 버렸다. 출산 이후 시작된 재택근무. 그 이후로 근 3년을 이른바 집감옥에 갇혀 호시탐탐 벗어날 기회를 엿보고 있던 내게 구스따보의 초대는 그야말로 구원의 메시지다. '그래 롤리, 무조건 가는 거야!!!'

롤리: 그런데 결혼식이 언제야?
구스따보: 웅, 1년 남았어.
롤리: 오 마이 갓!

그리하야 나의 멕시코 여행 1년 프로젝트가 시작된 것이다.

"왜 하필 멕시코야! 갈 데가 얼마나 많은데, 또 멕시코야."
남편을 비롯한 주변의 반응은 이랬다. 실은 바야흐로 6년 전, 캐나다 토론토로 어학연수를 갔을 때 난 이미 멕시코 여행을 다녀온 적이 있었기 때문이다.

'노 쁘로블레마'

토론토는 멕시코에서 가까워서 그런지 같이 연수 온 친구 중에는 멕시칸이 제법 있었다. 18살, 20살, 25살의 알렉스, 호르께, 구스따보도 그곳에서 만난 친구들이다. 그때 내 나이, 그들 나이로 스물아홉, 우리 나이로 서른하나였는데 고맙게도 아무도 믿어주지 않았다. 물론 나 역시 그들의 얼굴을 보곤 내 또래라 짐작했지 감히 그렇게 어리다는 것을 상상할 수도 없었다. 물론 '롤리' 라 불리며 학교에 다니면서 이미 나는 나이 따위는 잊어버리고 살았기에 친구가 되는데 나이가 문제가 되지는 않았다.

어쨌거나 조카뻘 되는 이 어린 친구들과 가까워지게 된 것은 특별한 계기가 있어서였다. 알렉스와 구스따보는 캐나다 동부 종주여행팀(토론토-몬트리올-오타와-퀘벡)을 꾸리고 있었는데, 어느 날 내게 신용카드며, 운전면허증이 있는지 묻더니 함께 여행을 가자고 제안을 했다. 아직 어린 그들은 자동차 렌트를 위해 어른인 내가 필요했던 것이다. 거절 못하는 성격의 소유자 롤리는 그렇게 자의반 타의반 그들의 여행에 동참하게 됐다.

여행이 재미있는 이유 중 하나는 인생을 압축적으로 경험할 수 있기 때문일 것이다. 일상에서는 평생에 한 번 만날까 말까 한 일들을 우리는 길 위에서 하루에도 수십 번씩 경험하면서 인생의 희로애락을 한꺼번에 경험하게 된다. 길을 잃거나, 방이 없거나, 돈이 부족하거나, 다치거나……. 우리의 캐나다 종주여행도 정말 하루도 빠짐없이 사건사고의 연속이었다. 하지만 그 순간마다 이 멕시칸 친구들이 늘상 외치던 건 '노 쁘로블레마' (문제 없어). 첨엔 좀 대책 없어 보이긴 했지만, 어떤 문제에 부딪치건 당황하거나 걱정하기 보다는 긍정적으로 해결해나가는 것이 그들의 '멕시칸 웨이' 였다.

퀘벡을 향해 떠났던 캐나다 동부 종주여행

난 그들의 '노 쁘로블레마' 정신에 매료되고 전염되었다. 그리고 여행이 끝날 무렵 우린 압축적으로 친해져 있었다.

하지만 우린 모두 단기연수를 왔던 터라 곧 이별의 순간을 맞이했다. 먼저 왔던 그들이 멕시코로 돌아가면서 짧은 만남이 아쉬웠던지 나와 내 단짝 소피아를 멕시코로 초대했다. 한국에 돌아가면 다시는 멕시코에 올 기회가 없을지도 모른다면서. '그래 마지막일지도 몰라.' 갑자기 절실해진 나는 연수를 마치자마자 단짝 친구였던 소피아를 꼬드겨 보름간 멕시코 여행을 떠나게 됐다. 그것이 내 첫 멕시코 여행이다.

소피아는 그곳에 갔다가 피부병이라도 옮으면 어쩌냐고 지레 겁을 먹었을 정도로 멕시코에 대해 무지했다. 물론 나 역시 다르지 않았다. 그저 친구들만 믿고 감행한 여행이었다. 실제로 염려했던 정도는 아니지만 멕시코는 더럽기도 하고 위험한 구석도 많았다. 하지만 그런 모든 것을 상쇄하고도 남을 매력이 있는 곳이라는 걸 깨닫는데는 많은 시간이 필요하지 않았다. 그것은 아름다운 건물이나 화려한 볼거리들 보다 자신의 집을 내어주고, 맘속까지 다 보여주는 정 많은 멕시칸들 때문이다. 여행을 하는 동안 그 까다롭던 소피아도 어느덧 멕시코의 매력에 푹 빠져버렸다. 나 역시 한국에 돌아와서는 오랫동안 상사병에 걸려 "메히꼬 메히꼬" 노래를 불렀더랬다.

그런데 드디어 멕시코가 나를 부른다. 그러니 어찌 아니 갈 수 있으리오!

6년 전의 첫 번째 멕시코 여행. 과나후아또와 과달라하

배신과 시련의 여행준비 - 1년 프로젝트

"께 부에노!"(잘됐다!)

알렉스와 호르께에게 멕시코 여행이 결정됐음을 알렸다. 다들 흥분의 도가니다. 왜 아니겠는가? 자그마치 6년만이다. 그나저나 1년이나 어떻게 또 기다리나? 애타는 기다림이다.

'그래, 이번엔 스페인어로 제대로 대화 좀 해보자.'

남은 기간 스페인어 공부에 매진하기로 했다. 이번엔 친구 가족들, 특히 엄마들과 대화하는 것이 목표다. 일요일마다 남편에게 딸아이를 맡겨놓고 스페인어를 배우러 다녔다. 그런데 여행 때문에 시작한 공부가 너무 좋은 거다. 마치 다시 학창시절로 돌아간 듯한 기분. 게다가 스페인어의 매력도 만만찮다. 특히 또로로 굴러가는 R(에르) 발음과 된 발음이 많은 스페인어를 듣다보면 느끼하기도 하고, 귀엽기도 하고, 섹시하기도 하고, 암튼 재밌다. 하지만 6개월 정도 하고 나니 본격적인 문법의 덫이 기다리고 있었으니, 공부는 여기까지! '스페인어는 멕시코에서 배우면 되지 뭐.' (^^;)

시간은 흘러 어느덧 D-석달 전, 이제 본격적인 여행준비에 들어가야 할 시점이다. 메신저에 나타난 알렉스는 내게 서둘러 스케줄을 확정하고 티켓팅을 하라고 재촉했다. 그래야 저렴한 항공편을 확보할 수 있다는 것이다. 까딸리나는 스케줄과 예약 등 모든 걸 내게 일임한 터라 혼자 머릿속이 복잡해졌다. 나야 친구들만 봐도 좋지만 까딸리나에게는 관광의 즐거움도 필요할 터인데……. 궁리 끝에 결정한 우리의 처음 스케줄은 이랬다.

인천공항 → 멕시코시티에서 6박 7일 : 알렉스네 집에서 지내면서 멕시코시티 관광 → 산 루이스 포토시에서 2박 3일 : 알렉스 엄마네 집에서 지내면서 독립기념행사 참관 → 깐꾼 플라야 델 까르멘에서 4박 5일 : 캐리비안 해변에서 휴식 → 몬떼레이 2박 3일 : 구스따보 결혼식과 파티 파티! → 멕시코시티 → 인천 공항

'이거 너무 빼르빽또(perfecto)한 거 아냐?' 스케줄표를 짜고 혼자 흐뭇해졌다. 그런데! 티켓팅을 하려고 달력을 확인해보니 내가 놓친 것이 있었다. 그것은 바로 한민족 최대명절 한가위, 바로 추석이었다. 구스따보의 결혼식 날짜는 바로 추석 전 토요일. 결혼식에 참석했다가는 비행기 스케줄 상 도저히 추석 전날까지 돌아올 수가 없었다. 결국 추석을 위해서 구스따보의 결혼식을 포기해야만 하는 비극이 발생한 것이다. 시어머니는 그냥 명절을 거기서 지내고 와도 된다고 하셨지만(우리 어머니 정말 신식이시다) 거기까진 남편도 나도 무리라는 결론을 내렸다.

원래 출발은 결혼식 때문이었는데, 구스따보에게 뭐라고 말하나. 실망할 녀석의 표정을 떠올리니 맘이 아프다.

'어쩐지 너무 빼르빽또 하다 싶었어.'

시련은 거기에서 끝나지 않았다. 까딸리나의 배신! 그녀가 뒷통수를 칠 줄이야. 그녀는 수년간 반복된 나의 멕시코 찬양에 이미 세뇌된 터였다. 1년 전부터 약속한 여행이었다. 그런 그녀가 티켓팅하기 직전 못간다는 통보를 한 것이다.

"아무래도 안되겠어. 혼자 가는 게 남편한테 너무 미안해."

디오스미오!(하느님 맙소사!) 그녀가 망설이는 사이 얼리버드(일찍 예약하는 경우

싸게 구할 수 있는 항공권) 직항 비행기표가 바닥이 났다. 다행히 남편의 독려로 맘을 돌린 까딸리나와 나는 이제 비행기표를 구하느라 하루 종일 인터넷을 뒤져야했다.

'이미 남아있는 직항표는 너무 비싸다!'

'미국을 거쳐가는 비행기가 가장 싸지만 까딸리나는 미국 비자가 없다!' 고심 끝에 우린 캐나다 토론토를 경유하는 경로를 선택했다. 토론토에 가면 내 영어선생 래리랑 단짝 친구 소피아를 만날 수 있고, 뉴욕에 있는 호르께가 주말이면 날아올 수도 있을 것이다. '그래, 이게 반전이라는 것이지. 더 잘 된 일일지도 몰라.' 애써 자위하며 예약작업에 돌입했다.

예약하기

항공권

인천-토론토 왕복티켓은 국내여행사를 통해 저렴한 공동구매 티켓을 예약(120만원/1인) 하고, travelocity.com을 통해 토론토-멕시코시티 왕복티켓($631USD/1인 + $25 수수료)을 구매했다.

travelocity.com

멕시코 국내 항공티켓은 알렉스가 알려준 aviacsa.com.mx에서 멕시코시티-깐꾼, 몬떼레이-멕시코시티 원웨이 티켓($256USD/1인)을 직접 예약했다.

깐꾼-몬떼레이 티켓은 interjet.com.mx에서 세일하는 것이 있어 예약했는데, 여기는 영어로 서비스가 안된다. 다행히 난 알렉스의 도움으로 예약을 했다. 568페소(5만원 정도).

계산해 보니 비행기 값만 우리 돈 200만원 정도다. 여행예산의 절반 이상이 비행기 값으로 날아갔다.

aviacsa.com.mx

cheaptickets.com

***해외 항공권도 이티켓으로 발급되기 때문에 이제 인터넷으로 예약이 가능하다. 간단한 영어만 할 수 있으면 사이트를 비교해보고 저렴한 항공권을 구할 수 있다. 단 싼 티켓은 환불시 페널티가 있으므로 여행일이 정확하게 정해진 경우에 이용하는 것이 좋다. 물론 좀더 비싼 오픈 티켓도 있다.

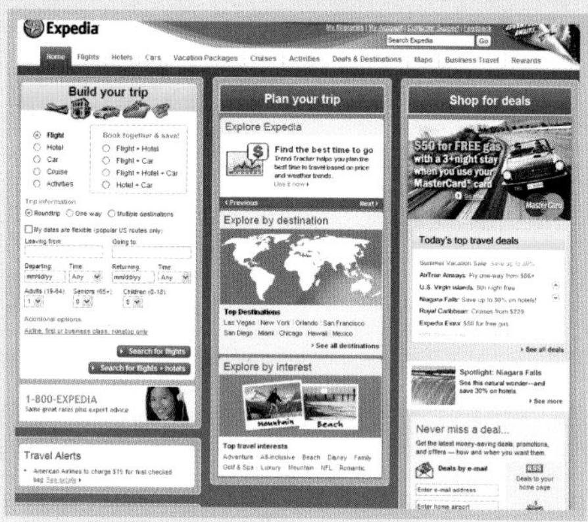

expedia.com

숙소

멕시코시티와 몬떼레이에서는 친구들 집에서 머물기로 해서 토론토에서 3일 묵을 호스텔과 플라야 델 까르멘에서 4박 5일 묵을 호텔만 예약했다.

토론토의 호스텔은 hostels.com에서 클라란스 캐슬(Clarence Castel)과 다운타우너 인(Downtowner Inn)을 예약했다. 클라란스 캐슬은 별 5개로 평가가 아주 좋았지만 다른 곳에 비해 좀 비싼 편. 여자 8명이 자는 방인데도 한 사람당 하룻밤에 $24CAD다. 다운타우너 인은 최고 싸고 평가도 최악이다. 하지만 남은 방이 없어 울며겨자먹기로 예약을 해야 했다.

플라야 델 까르멘의 호텔은 이름도 예쁜 코코리오. 해변에서 5분 거리인데, 사진으로는 방도 깨끗하고, 가격도 적당하다($60USD/2인 1박).

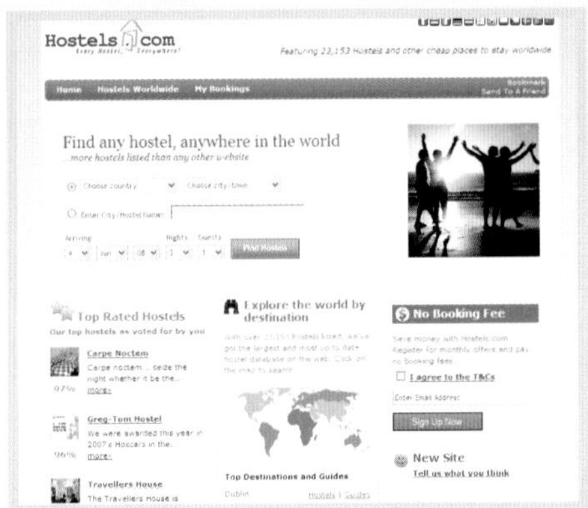

hostels.com

travelocity.com(이곳에서 숙박예약도 가능하다.)

***숙소예약도 인터넷으로 하면 간단하다. 참고로, 방명록에 남겨진 사용후기와 별표숫자를 꼭 확인하시길. 잊지 말아야 할 것! 싼 곳은 이유가 있다.

일주일 여간 고군분투한 끝에 아주 저렴한 방과 세일 중인 비행기 표까지 찾아 예약을 마쳤다. 프린트한 이티켓(e-ticket)만도 얇은 노트 한권 분량이다. 이제 다 된건가? 혹시라도 여권이름과 다르게 예약을 했을까 싶어 자다가도 다시 일어나 컴퓨터 켜기를 수차례. 소심한 롤리의 1년간의 여행준비가 완성되는 순간이다. '여행사 차려볼까?' 하는 자만심마저 고개를 들 태세다. 므흣~

그러나 출발 일주일 전날 밤. 해변에서 입을 하늘하늘한 옷을 챙기며 무심히 바라보던 뉴스가 마지막 한방을 날려주신다. 엄청난 폭우 속에 짐 가방을 챙겨 허둥지둥 떠나는 관광객들, 저저…… 저곳은 멕…시…코다. 시속 200km를 넘는 강풍과 집중호우를 동반한 허리케인 딘이 멕시코에 상륙했다는 뉴스다. 뉴욕에서 멕시코로 돌아온 현지 통신원 호르께는 매일 실시간으로 메신저를 통해 그쪽 상황을 타전했다. '딘' 은 지난해 깐꾼을 초토화시켰던 악명높은 허리케인이다. 다행히 딘은 흥분을 진정해, 며칠간 긴장했던 우린 가슴을 쓸어내렸다. 그 이후에도 관광객 살인사건 등 소소한(?) 뉴스가 우릴 긴장시켰지만 웬만해선 우리의 여행을 막을 수 없다. 싼 티켓은 환불이 안된다!

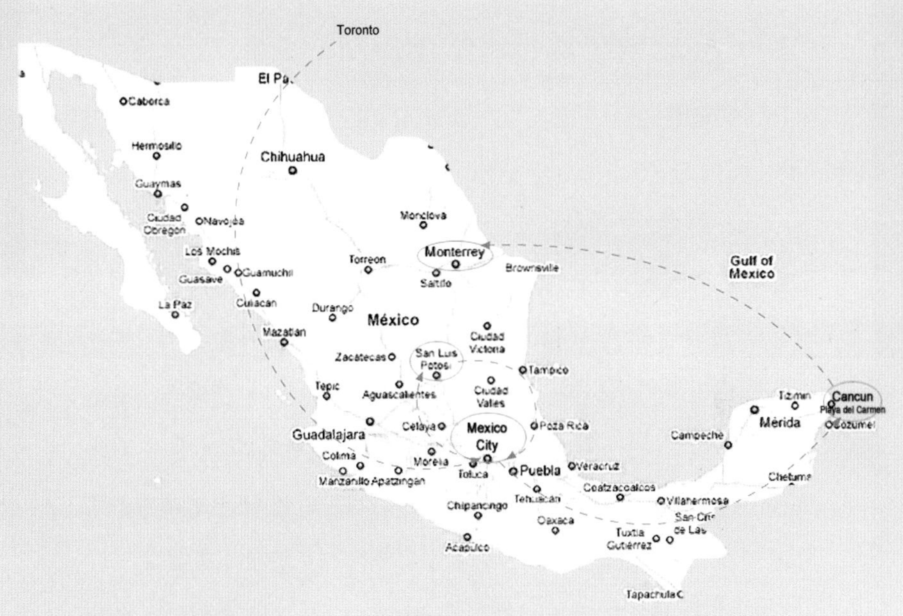

롤리와 까딸리나의 최종 여행일정

인천공항 → 토론토(래리를 만나고) → 멕시코시티(알렉스와 신띠아, 호르께 그리고 그들의 가족을 만나고) → 산 루이스 포토시(알렉스 엄마를 만나고, 신띠아 할머니 생신파티와 독립기념일 행사를 즐기고) → 깐꾼(까딸리나와 캐리비안에 발 담그고) → 몬떼레이(구스따보를 만나고) → 멕시코시티 → 토론토 → 인천 공항

#흔히 있는 비행기 연착일 뿐이야

by Catalina

토론토행 에어캐나다는 아무런 안내 방송 없이 인천국제공항에서 1시간 동안 출발을 하지 않고 있었다. 불안해서 엉덩이를 들썩거리는 나와는 달리 다른 승객들은 별 동요를 보이지 않았다. 마음속으로는 기장과 담판이라도 붙고 싶었으나 어글리 코리안이 되지 않기 위해서, 국제적 인간이 되기 위해서 참았다. 한시간만에 나온 안내방송에서는 기체고장이지만 곧 고쳐서 다시 이륙을 시도하겠다고 했다.

기체 고장? 불안이 검은 날개를 확 펼치는 순간, 머릿속에서는 온갖 가지 상상이 휘몰아쳤다. 산소호흡기가 머리 위로 전설의 고향에서 나오는 느닷없는 귀신처럼 떨어지겠지? 난 전화를 안 가져왔는데 그에게 전화는 어떻게 하지? 노트에라도 마지막 글을 남겨 놓을까? 바다에 떨어지면 춥겠지? 그래도 수영을 할 수 있으니 살지도 몰라……. 항공사 측에서는 간단한 고장이니 곧 고칠 수 있다고 방송을 했고 승무원들도 편안하게 수다를 떨고 있는데도 내 마음은 벌써 터뷸런스 한복판이었다. 고장을 고쳤다는 안내방송이 나왔지만 여전히 비행기는 이륙을 못하고 있었다. 이번엔 일본을 지나가는 태풍이 문제였다. 다시 한 시간을 꼼짝 안하고 앉아 기다렸다. 두 시간이나 지루하게 기다리던 롤리는 화장실에 가겠다며 자리에서 일어났으나 아무 일 없다는 듯 수다를 열심히 떨고 있던 승무원들이 롤리가 일어나는 바람에 이륙을 못한 것처럼 격렬히 그녀를 저지했다. 그렇게 두 시간 늦게 비행기는 이륙했고 비행하는 동안 롤리에게 스페인어를 조금 배웠고 두 시간 늦게 토론토에 도착했다.

밤 10시 30분. 예약한 호스텔에 가는 버스는 끊긴 시간. 낯선 곳에 왔다는 설레임보다, 무엇이 기다리고 있는지 모른다는 불안보다, 당장 택시를 타고 가야하는 주머니 사정이 걱정이 됐다. 비행기가 연착만 안 했어도 버스를 탈 수 있었다는 생각에 에어캐나다를 상대로 한국 아줌마의 힘을 보여 줄까 보다 잠시 심각하게 고민했다. 돈도 돈이지만 너무 늦게 호스텔에 도착해서 예약이 취소 됐을까 무척 걱정스러웠다.

비행기가 한국에서 늦게 출발하는 동안, 롤리가 영어울렁증인 그녀의 남편을 원격조정해서 호스텔 쪽에 메일을 보내 놓기는 했지만 불안은 늘 내 곁에 웅크리고 있었다.

(그들의 원격조정 인터넷은 이런 것이었다.
롤리: 비행기가 딜레이 됐다고 해. 그리고 please hold our room until we arr~
롤리남편: 뭐? 어, 잠깐, h가 어딨지? 어? 뭐? 딜레이, 딜레이 스펠링이 뭐지?)

결국 밤은 늦고, 피곤은 하고, 걱정은 많고, 돈은 아까운, 두 여잔 택시를 타고 호스텔로 향했다. 시내에 있는 호스텔로 가는 도중에 매끈한 건물들이 뿜어내는 화려한 불빛을 구경하며 그래도 태평양에 빠지지 않고 왔구나 싶은 안도와 곧 다리를 쭉 펴고 잠들 수 있다는 기대로 마음을 달랬다. 택시가 호스텔에 가까워지자 거리는 다시 약간 외곽 분위기를 풍기며 최소한 가릴 곳만 가린 여자들이 자주 보였다. girls! girls! girls! 라고 써 놓은 곳이 많이 보였다. 음…… 이런 곳에 호스텔이…… 또 다시 불안이 날개를 펴는 순간이었다.

불안의 정체는 무엇인가?

호스텔 앞 작은 마당에는 20대 초반으로 보이는 애들이 반바지나 소매 없는 티 차림으로 벤치에 앉아서 인터넷을 하거나 서로 모여 잡담을 하고 있었다. 새로 등장한 우리에게는 별 관심이 없어 보였다. 난 은근히 저들이 밝은 얼굴로 Hi~~하면서 인사해 주길 바랬다. 그러면 동네에 대한 무거운 기분이 좀 사그라들까 싶었기 때문인데 그들은 상당히 무관심한 표정을 하고 있었다. 우리가 호스텔에 오기에는 나이가 좀 많나 싶었다. 그리고 허름한 호스텔에 맞지 않는 내 치렁치렁한 레이스 치마가 괜히 부끄러웠다.

앞마당을 빠르게 짐을 끌고 지나 매니저를 만나 방을 배당 받고(다행히 메일이 도착해 있었고 방도 있었다) 열쇠를 받았다. 매니저는 작은 쪽문을 가리키며 그리로 들어가라고 했다.

방들이 있을 것 같지 않은 통로로 들어가라니 이상했다. 쪽문을 열고 보니 한 사람이 겨우 드나들만한 폭의 계단이 제법 길게 나 있었다. 자칫 여행 가방이 폭에 낄지도 모를 정도였다. 근육통을 견디며 계단을 올라가니 개미굴 같은 통로가 나타났다. 아, 이건 또 뭐란 말인가? 여긴 어디란 말인가? 어디로 가야 우리 방을 찾을 수 있을지 막막했다. 이미 몸은 피곤했고 가방은, 짐짝이라고 부르고 싶을 정도로 미워져 있었다. 일단 짐짝을 놓고 한 사람이 개미굴을 정찰하기로 했다. 금방금방 꺾이는 미로 속에서 우리 방을 쉽게 찾을 수 없었다. 마침 먼저 굴에 들어가 있었던 흑인 남자가 굴 밖으로 나오길래 401호가 어디 있는지 아느냐고 물었다. 그는 자기도 잘 모르지만 찾아 봐 주겠다면서 씩씩하게 길을 안내해 주었다. 우리는 그의 도움으로 401호 굴을 찾을 수 있었다.

나는 401호 굴을 보는 순간 내 불안의 정체를 조금 알 수 있었다. 내가 여행을 갈까 말까 망설이는 동안 토론토에 있는 싸고 좋은 호스텔은 다 나가버리고 우리가 묵기로 한 Downtowner inn은 제일 나중까지 방이 남아 있는 곳이라서 선택의 여지없이 롤리가 예약을 했다. 예약 당시 방에는 전자레인지와 냉장고가 있다고 했고 침대는 트윈베드에, 아침식사 제공, 인터넷 가능이었다. 그런데 방문을 여는 순간 헉~하고 숨이 멎었다.

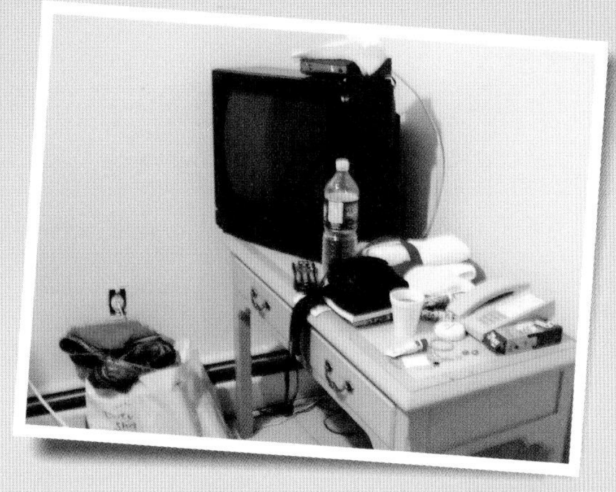

일단, 더러웠다. 좁았다. 전자레인지? 없었다. 냉장고? 없었다. TV? 있지만 안 나왔다. 화장실? 문은 있지만 닫히지 않았다. 침대는 이층침대였는데 윗칸에서 자는 사람은 천장과 매우 친밀한 대화를 나눌 수 있었다. 매트는 비닐을 뜯지 않아 움직일 때마다 바스락 소리가 심했다. 시트는 빤 것이겠지만 누런 얼룩이 군데군데 묻어 있었고 수건도 빤 것이겠지만(정말, 빨았다고 믿고 싶었다) 머리카락이 엉켜 있었다. 방바닥에는 쥐며느리가 낯선 동양여자들의 출현에 놀라 몸을 동그랗게 말고 없는 척하고 있었다.

롤리는 호스텔이 다 그렇지 뭐, 하는 정도의 반응이었지만 호스텔을 처음 가보는 나는 놀라움을 금치 못했다. 곧 매니저에게 사정을 말했더니 자기 보스가 오면 방을 바꿔주든지 냉장고를 갖다주든지 하겠다는 말뿐이었다.

그래도 16시간의 비행과 여행이 주는 긴장에 못 이겨 우리는 어서 씻고 자기로 했다. 처음엔 내가 이층에서 자려 했는데 어쩐지 무서웠다. 롤리에게 같이 자자고 했다. 침대는 좁았지만 침대 가장자리보다 서로의 몸이 훨씬 깨끗했기에 우리는 서로 붙어 누웠다.

자려고 누우니 다시 불안이 밀려 왔다. 그냥 자기에는 방문이 너무 허술했다. 방문은 아귀가 잘 맞지 않아 닫았는데도 문틈으로 지나다니는 사람이 보일 지경이었다. 갑자기 아까 우리 방을 찾아 준 흑인 남자가 생각났다. 만약 그가 우리 방으로 성큼 들어 온다면? 아! 괜히 방을 찾아 달라고 부탁했구나 싶은 후회가 몰려 왔다. 궁리 끝에 나는 우리 두 사람의 짐을 방문 앞에 쌓았다. 내 것을 밑에 놓고 롤리 것을 위에다 쌓아 바리케이트를 만들었다. 조금 안심이 되었다. 괜한 사람을 의심해 놓고 혼자서 안심하는 꼴이라니. 이제 다시 잠을 청했다. 원래 시차 적응을 잘 못하는 내게 여행 첫날 잠을 잔다는 것은 어림없는 기대였다.

롤리 역시 시차 때문에 잠이 오지 않으면 어쩌나 정신적으로 고민했었다. 그런데 정확히 5분후 그녀는 코를 골았다. 정신적 시차 적응에 잠깐 실패한 듯 보였으나 육체적 시차 적응은 완벽히 해내는 그녀였다. 롤리는 전화로 영어울렁증인 남편을 조정해 영어로 메일을 쓰게 만들고 시차 따위는 개나 물어가라는 식의 진정한 인터내셔널 아줌마였다.

왼쪽 귀로는 롤리의 코고는 소리를 들으며 오른쪽 귀로는 옆방 사람의 코고는 소리를 들으며 그들의 소리를 자장가 삼아 자보자고, 자보자고, 자고 있는 사람을 부러워만 하지 말고 자보자고 스스로를 타일렀으나 실패했다. 나도 롤리처럼 인터내셔널 아줌마가 되고 싶었다. 결국 자기를 포기하고 인터넷을 하러 3층으로 가 남편에게 메일을 보냈다(내가 만든 바리케이트를 뚫고 나오느라 힘을 써야했다--;). 컴퓨터 자판에는 영어뿐이었다. 할 수 없이 영어로 써 보냈다.

rolly, co gol a. co gol a.

사실 남편도 코를 곤다. 코를 고는 사람과 함께 자는 것은 전혀 문제가 되지 않는다. 내가 잠을 못 자는 이유는 시차 때문도, 코 고는 소리 때문도 아니었다.

나는 그저 불안했다. 한국에도, 토론토에도 없는 내 마음이 어디를 헤매고 있는 것인지, 내 몸뚱이와 함께 있지 않는 내 마음은 어디를 떠돌고 있는 것인지 그것이 불안했다.

온타리오호 _ 토론토 섬으로 가는 배 위에서 찍은 토론토 도심의 스카이라인. 망망대해 같이 보이는 물이 온타리오호인데, 미국과 캐나다의 국경에 있는 호수로 5대호 중 하나다. 온타리오(Ontario)는 원주민 언어로 "Great Lake"라는 뜻. 그 이름처럼 정말 대단하다. 호수라지만 남한 면적의 1/5에 조금 못 미치는 크기로, 가히 바다라고 할 만한 규모다. 그래도 5대호 중에서 가장 작은 것이란다. 이 호수물이 나이아가라 폭포를 만들고, 이리호를 거쳐 대서양으로 흘러간다. 호수를 끼고 있는 항구는 하버프론트. 높이 솟아 있는 CN타워는 세계에서 가장 높은 타워로 옆에 보이는 로저스센터 돔구장과 함께 토론토의 상징물이다. 타워에 오르면 전망대가 있는데 토론토 시내는 물론 나이아가라 폭포까지 보인다. 전망대는 입장료가 좀 비싼 게 흠.

#토론토에서 만난 팀홀튼과 온타리오호

by Rolly

새벽 5시. 일찍부터 눈이 떠졌다. 진정 우린 다른 나라에 와 있는 것인가. 밤에 도착해서 아직 바깥구경을 못한 터라 아직도 실감이 안 난다. 너무 일러서 그런지 호스텔의 아침은 아직 준비 되지 않아 비행기에서 꿍쳐두었던 기내식 샌드위치로 허기를 달랬다. 빵빵한 에어컨 덕에 하루 묵은 샌드위치는 냉장고에서 막 꺼낸 듯 차가웠다. 창밖도 보이지 않는 허름한 호스텔에서 여자 단 둘이 차가운 샌드위치를 씹는 아침 풍경이 왠지 처량 맞다. 실은 까딸리나의 상태가 별로다. 그녀는 호스텔의 허름함에 충격을 받은 듯했다. 해외공연을 하며 호텔에서만 묵어왔던 그녀는 이 정도까지일 줄이야 하는 표정이었다. 물론 난 이 정도일 수도 있다고 생각했다. 오히려 8인실보다 2인실이라서 좋은 점도 있지 않나 싶기도 했다. 이역 멀리 날아와서 찾아든 호스텔의 누추함이 장시간의 비행 피로와 더불어 그녀를 지치게 한 모양이다. 하지만 여행 첫날부터 지칠 수는 없다! 우린 기운을 차리기 위해 산책에 나섰다.

숙소 앞에는 Allen Garden Park라는 작은 공원. 노숙하는 홈리스들과 개들을 끌고 이른 산책을 나온 노인들뿐이다. 아마 우리 숙소가 꽤나 외곽에 있는 모양이었다. 공원을 가로질러 우리가 묵는 호스텔과는 판이하게 깨끗하고 럭셔리한 호텔을 발견한 두 아줌마, 로비에서 마치 호텔 투숙객인양 기분전환을 했다. 화장실이 우리 묵는 방보다 쾌적하다. 젠장.

ABOVEGROUND ART SUPPLIES
ABOVEGROUND ART SUPPLIES
74 McCAUL STREET
ABOVEGROUND ART SUPPLIES
PEDESTRIAN
X
STOP FOR PEDESTRIANS
EAT...
DRINK...
ENJOY!
PUB
THE TORONTO SUN
24
FREE DAILY
SIGHTSEEING
Epoch
ZURICH

오늘의 목표는 걸어서 토론토 정복. 물론 특별한 뜻이 있어서가 아니라 차비가 너무 비싸기 때문이다. 캐나다 교통비가 비싼 거야 익히 알고 있었지만, 환율이 하루가 다르게 오르더니 이제 미화달러랑 1대1이란다(며칠 후 달러 추월-.-). 내가 유학할 때만해도 미국달러의 절반 조금 넘는 가치였는데, 어찌된 영문인지 모르겠다. 하여튼 멕시코를 위해 더 긴축이다.

리셉션에서 토론토 시내 지도 한 장을 얻었다. 토론토도 뉴욕만큼이나 길이 반듯반듯 바둑판 모양으로 나뉘어져있어 길 찾는데 어려움은 없을 것 같았다. 뉴욕을 걸어서 정복해본 경험이 있었던 나는 주저 없이 힘센 다리 까딸리나를 좇아 토론토 정복에 나섰다.

우리 숙소는 토론토의 서북쪽에 있는 서번 스트리트(Sherbourne St.)에 있어 호수가 있는 하버프론트까지는 끝에서 끝이었다. 물론 차를 타면 20분 거리에 불과하다(-.-). 한참을 걷자 거대한 마천루가 나타났고, 남쪽으로 서울타워처럼 뾰족한 CN타워와 아이스하키장인 로저스 센터 그리고 돔구장이 보인다. '그래 저 CN타워만 보고 가면 돼.' 이정표가 있으니 안심이다. 몇 블록을 걷자 비로소 도시적인 모습이 나타났다. 거대한 마천루와 시원시원한 도로, 깨끗한 캐나다 공기가 발걸음을 가볍게 한다.

실상 토론토는 뉴욕에 비하면 정말 볼 것이 별로 없는 곳이다. 캐나다인은 좋게 말하면 검소하고, 솔직히 말하면 참 따분한 사람들이라고 해야 하나. 아무튼 길거리조차 심심하다. 그래도 전세계에서 모여든 가지각색의 다양한 인종을 한꺼번에 구경할 수 있는 곳이 바로 이곳 토론토다. 누가 관광객인지 유학생인지 이민자인지 아님 원주민인지 구분이 안 간다. 킹스트리트, 퀸스트리트, 던다스…… 어째 도로명이 런던(토론토에서 2시간 거리의 도시, 어학연수 때 살던 곳)에 있는 것과 똑같다. 심드렁하니 걷는데 킹스트리트에 이르자 꿈에도 그리던 반가운 이름이 보인다.

"팀홀튼!"

팀홀튼은 캐나다의 대표 커피전문점이다. 말하자면 캐나다판 스타벅스다. 팀홀튼이라는 이름은 유명한 캐나다 아이스하키 선수 이름이라는데 그가 이 커피점을 창업했단다. 아이스하키 선수 이름이라니 참 캐나다다운 브랜드이다. 그래서 그런지 캐나다사람들은 스타벅스보다 팀홀튼을 즐긴단다. 값도 훨씬 싸고 개인적으로 맛도 훨씬 더 좋은 것 같다. 어학연수 시절 교내매점에도 팀홀튼 매장이 있었는데, 아침마다 길게 줄을 서서라도 꼭 한 잔씩 마시던 잉글리쉬 타피의 맛은 한국에 돌아가서도 내내 잊을 수 없을 만큼 특별했다. 매장에 들어가서 나는 잉글리쉬 타피를, 까딸리나는 아메리칸 커피를 시켰다. 역시 그 달콤한 향과 진한 맛이 그대로다. 까딸리나도 엄지손가락을 치켜들고 인정한다. 이제야 캐나다에 왔다는 실감이 난다. 뻐근했던 발바닥에도 피가 도는 느낌. 전세계 커피전문점이 다 모여있는 서울에 왜 이 맛있는 팀홀튼은 없단 말인가! 덕분에 달콤한 잉글리쉬 타피는 내겐 캐나다에서만 맛볼 수 있는, 캐나다를 상징하는 맛이 돼버렸다.

커피 한잔으로 충전된 우리 눈앞에 CN타워가 우뚝 서있다. CN타워에 오르면 토론토 전망과 온타리오호까지 한눈에 조망이 가능하다지만…… 비싸다! 대신

배 타고 호수로 나가 토론토 섬을 구경하기로 했다. CN타워에서도 페리예약을 할 수 있었는데, 선착장보다 티켓값이 무려 4달러 저렴하다니($16 CAD) 이게 웬 횡재냐. 10여분 다시 걸어 드디어 선착장에 도착했다. 믿어지지 않게 끝없이 펼쳐진 호수 호수 호수. 이 호수가 바로 그 유명한 온타리오호다. 그 크기가 우리나라 남한 면적의 1/5에 조금

못 미친다는데 호수라니 믿을 수가 없다. 저 멀리 수평선이 보인다. 이 호수를 따라가면 나이아가라 폭포까지 갈 수 있단다. 선착장에는 호화요트들이 즐비하고, 토론토에서 젤 비싸다는 고층아파트들이 호수 전망을 독차지하고 빙 둘러있다. 한마디로 부자동네다.

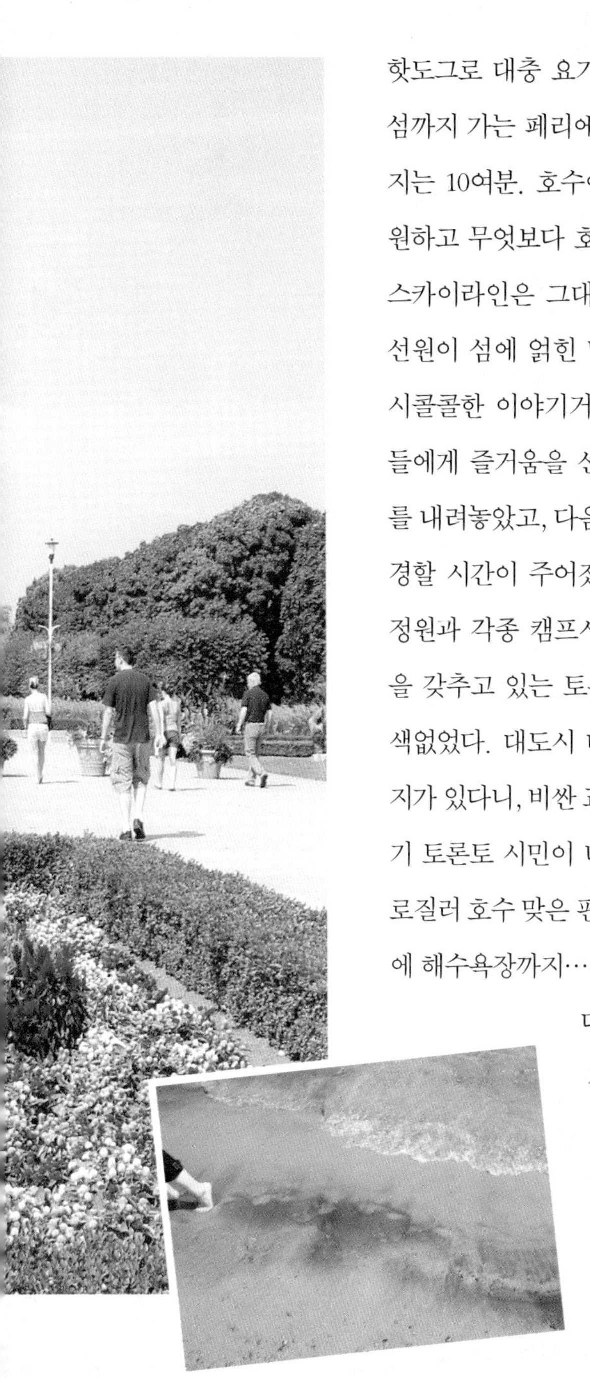

핫도그로 대충 요기를 한 후 우리는 토론토 섬까지 가는 페리에 올랐다. 배를 타고 섬까지는 10여분. 호수에서 불어오는 바람도 시원하고 무엇보다 호수에서 바라본 토론토의 스카이라인은 그대로 그림엽서다. 잘 생긴 선원이 섬에 얽힌 믿거나 말거나 전설과 시시콜콜한 이야기거리를 풀어놓으며 관광객들에게 즐거움을 선사한다. 배는 섬에 우리를 내려놓았고, 다음 배가 올 때까지 잠시 구경할 시간이 주어졌다. 공원처럼 잘 정돈된 정원과 각종 캠프시설, 하이킹 대여시설 등을 갖추고 있는 토론토 섬은 휴양지로서 손색없었다. 대도시 바로 인접해서 이런 휴양지가 있다니, 비싼 교통비에도 불구하고 갑자기 토론토 시민이 너무 부럽다. 산책로를 가로질러 호수 맞은 편 끝까지 걸어가니 방파제에 해수욕장까지……. 이건 완전히 망망대해다. 벌어진 입이 다물어지지 않는다. 우린 서둘러 신발을 벗고 바닷물 같은 호숫물에 발을 담가보았다. 물이 맑고 부드럽다. 여

SHIPSANDS

기서 수영하면 짜지 않고 좋겠다. 이럴 줄 알았으면 수영복 챙겨오는 건데 후회막심이다. 선텐을 즐기는 사람들이나 마냥 부럽게 쳐다볼밖에.

바다가 아니라서 그런가 물이 더 고요한 것 같다. 뜨거운 태양, 부드러운 바람, 그리고 고요……. 수평선이 보이는 호수를 바라보며 우린 잠시 각자의 생각 속으로 빠져들었다. 앞으로 돌아가는 길이 얼마나 험난할 지 상상도 못한 채.

그놈의 차이나타운. 뭐 볼게 있다고 그곳을 향했는지. 역시 무계획이 문제다. 내키는 대로 찍은 동네 차이나타운은 그저 싸구려 상점이 밀집한 시장거리였다. 우리 숙소와는 정반대쪽에 있는 그곳을 찾느라 주구장창 걷다보니 운동화 속이 축축해졌다. 땀인 줄 알았더니 피다. 허걱. 굽 있는 운동화를 신고 하루 종일 걸었더니 발가락에서 피가 난거다. 까딸리나는 경악을 하며 내 신발을 당장 버리란다. 키높이 운동화가 얼마나 비싼데. 그나저나 우린 지금 무얼 하는거냐. 극기훈련도 아니고. 마침 눈에 띈 맥도날드에 들어가 찬 콜라를 마시며 정신을 수습했다. 토론토 정복이고 뭐고 그만 걷자. 결국 우린 비싼 스트리트카를 타기로 했다. 근데 우리가 불쌍해보였는지 정류장에서 만난 순하게 생긴 꺽다리 캐나다인 아저씨가 자기 티켓을 할인해서 준단다. 원래 캐나다 버스는 거스름돈을 안줘서 잔돈을 꼭 맞게 챙기거나 티켓을 사야하는데, 우리가 차비를 물어보니 고맙게도 자기 티켓을 나눠준거다. 하루티켓인데 이대로 집에 들어가야 하다니 좀 아깝지만 집 나간지 12시간만에 돌아온 우린 그대로 뻗어버렸다. 토론토를 정복한 건지 정복당한 건지…… 참으로 혹독한 하루였다.

나이아가라 폭포 _ 높이 48m, 너비 900m에 이르는 나이아가라의 장엄한 낙하는 미국 쪽에서 보다 캐나다 쪽에서 보는 게 더 실감난다. 그리고 나이아가라를 보다 제대로 느끼려면 Maid of Mist라고 하는 보트를 타고 눈앞에서 봐야 한다. 폭포수가 뿜어내는 물거품을 온몸으로 맞으며 나이아가라를 온전히 마주 바라본 후에야 진짜 나이아가라의 스케일을 느낄 수 있다. 멀리 전망대에서 바라보는 나이아가라는 사진에서 본 것보다 자칫 덜 감동적일 수 있다. 그래도 나이아가라에 가면 사진만으로는 전혀 느낄 수 없는 굉음을 통해 폭포의 실체를 확인할 수 있다. 나이아가라에 가는 방법은 여러 가지가 있지만 우리는 그레이하운드 버스를 이용했다. 그레이하운드 버스터미널에 가면 2-30분 간격으로 버스가 있지만 시간대별로 다르므로 www.greyhound.ca에서 버스 스케줄을 확인하는 것은 필수다.

#나이아가라 공상

by Catalina

자다가 눈이 저절로 떠진 것으로 보아 꽤나 잘 잤구나 싶어 뿌듯한 아침이었다. 곁에 롤리도 내 기척에 어렵지 않게 깨는 것으로 보아 그녀도 잘 잤구나 싶었다. 호스텔 매니저는 방을 바꿔주지도, 냉장고나 전자레인지를 가져다주지도 않았지만 우린 401호 굴에 적응해 있었다. 사실 아침 일찍 나가서 밤늦게나 들어오는 방이라 방을 바꾸려고 짐을 옮기는 일이 더 귀찮다는 생각에 방 바꿔 달라는 요구는 하지 않았다.

자, 아침이다. 아침이면 우리는 당연히 식당으로 갔다. 서로 잘 잤냐는 간단한 인사를 마치고 롤리는 이를 닦기 시작했고 나는 아침 먹고 닦지 뭐, 하는 마음으로 얼굴에 물만 묻혀 세수하는 시늉만 했다. 부스스 이를 닦던 롤리가 몇 시냐고 물었다. 시간은 중요했다. 너무 일찍 가면 아침이 준비 되어 있지 않기 때문이었다. 그제서야 시계를 봤다. 1시? 분명 새벽 1시였다. 전날 토론토 시내를 너무 돌아다닌 탓에 피곤해 잠을 푹 잔 우리는 2시간 자고 아침인 줄 알았던 것이다. 서로, 뭐야? 새벽 1시? 푸하하하 웃으며 양치질에 세수까지 하고 다시 잤다. 잠을 푹 잔 덕인지 새벽의 작은 소란이 어쩐지 기분 좋았다. 호스텔의 유일한 즐거움인 아침 식사는 조금 뒤로 미루어졌다.

다시 자서 새벽 5시에 일어났다. 우리는 언제나 식당의 첫 손님 축에 끼었다. 식당은 개미굴을 오르고 내리고 우회전, 좌회전을 하여 어찌어찌 찾아가면 있었다(호스텔에 머무는 3박 4일 동안 늘 길이 헷갈려 갈림길이 나오면 주춤대다 롤리 뒤를 가만히 따라 갔다. 이제야 고백한다). 그 식당은 하루에 한 번 기차가 서는 산골벽촌의 간이역 대합실을 연상시켰다. 한 때 손님을 많이 받은 적이 있다는 듯 그런대로 넓었지만 쿰쿰하고 어둑신했다. 군데군데 찢어진 천 소파를 데리고 있는 테이블이 두 개, 둥글고 작은 테이블 한 개는 등받이 없는 의자 두 개를 데리고 있었다.

그리고 커피 메이커는 두 개 있었지만 하나는 고장, 음료수 자판기 고장, 간단한 부엌엔 냉장고가 하나, 냉장고 앞엔 조그만 바가 있어서 식빵과 잼, 버터를 늘어놓을 수 있었고, 토스터기가 두 개 중 하나는 역시 고장인 채로 손님을 기다리고 있었다.

여행객들은 이곳에서 간단한 아침을 먹거나 인터넷을 하고, 오래 머무는 사람은 자신의 먹을거리를 사서 냉장고에 넣어 두고 먹는 눈치였다. 밤이 되면 새로 사귄 사람들과 술도 마시고.

허름하고 냄새나는 곳에서의 아침 식사를 호스텔의 유일한 즐거움이라고 말한 건 이유가 있다. 바로 빵을 마음대로 먹을 수 있다는 것. 마음대로 먹을 수 있을 뿐 아니라 싸가지고 갈 수도 있었기 때문이었다. 빵이라고 해도 식빵 쪼가리로 집에서는 세 달에 한 번 먹을까 말까 한 것이었지만 토론토에서 식빵은 우리의 주식이었다. 대체로 아침용으로 네 조각을 구워서 딸기잼이나 버터를 발라 커피와 함께 마셨다. 롤리 두 조각, 나 두 조각. 그 다음엔 점심으로 먹을 식빵을 다시 다섯이나, 여섯 조각 구워 잼을 바르거나 맨 빵으로 냅킨에 싸서 회심의 미소를 지으며 식당을 빠져 나왔다. 아싸~ 점심값 굳었다. 속으로 생각하며.

토론토의 물가는 생각보다 비쌌고, 그 중 교통비는 더 비쌌다. 조금만 움직이려면 서울보다 몇 배는 비싼 교통비를 내야 했던 것이다. 우리의 여행은 토론토보다는 멕시코에 맞춰져 있어서 토론토에서 돈을 쓸 형편도, 돈을 쓸 마음도 없었다. 그래서 토론토에서는 뭐든지 아껴 안 먹고, 안 타고, 안 사고, 걷고, 구경만 하고, 걷고, 또 걷고, 참는 생활을 했다. 그러다 보니 호스텔에서 공짜로 제공하는 식빵은 우리에게 요긴했고 결국 토론토에서는 우리 돈으로 사 먹은 밥은 핫도그 두 개가 전부였다(그것도 첨에 하나씩 먹으려고 두 개를 샀는데 핫도그가 너무 커서 반으로 나눠 먹고 하나는 남겨 저녁으로 반 씩 먹었다). 써 놓고 보니 참 궁상이다.

나이아가라 폭포에 가기로 한 그 날도 빵을 구워 가방에 넣고 좀 특별하게 빵을 먹자는 롤리의 의견에 따라 멕시코 친구들에게 주려고 산 야채참치 캔도 가방에 넣었다. 하긴 3일 동안 탄수화물만 먹고 단백질이나 섬유질, 비타민류는 섭취하지 못 했으니 참치를 먹어 주는 것도 좋을 것 같았다.

나이아가라 폭포에 가장 싸게 가는 방법을 알려고 인터넷을 뒤졌지만 별다른 정보를 얻지 못하고 무작정 버스터미널로 갔다. 물론 걸어서 갔다. 전날 시내를 걸어서 평정한 덕에, 그리고 길눈이 밝은 롤리 덕에 문제는 없었다. 버스터미널에서 인터넷에 나와 있던 것보다 8달러나 싼 버스를 발견하고 환호작약하며 음료수도 사 먹겠구나 좋아했다.

2시간 반에 걸쳐 외곽으로 달리던 버스는 폭포에 갈 손님은 내리라는 안내를 내 보냈다. 우리는 행여 정거장을 놓칠까 조바심치며 얼른 내렸다. 그런데 어디에도 폭포는 보이지 않았다. 나이아가라가 그렇게 크다는데 폭포는 커녕 물기미도 없는데 여기가 어디야? 우리는 당황했다. 우리와 함께 내린 백인 노부부도 어리둥절해 하는 것 같아 보였다(나는 내심 노부부를 보고 저들을 따라 가면 되겠구나 싶었는데 우리처럼 두리번거리고 있으니 실망

스러웠다. 외국인이라고 다 나이아가라 가는 법을 아는 건 아니었다. 당연히).

그 때 누군가 소리쳤다. 나이아가라에 갈 사람은 셔틀버스로 갈아타야 한다는 것이었다. 셔틀은 일인당 6달러. 머릿속에 계산이 지나갔다.

'아까 버스터미널에서 일인당 8달러씩 아꼈는데 여기서 다시 6달러씩 쓰면, 16에서 12를 빼면 중얼중얼…젠장… 4달러에… 궁시렁궁시렁…'

그래도 셔틀 티켓은 나이아가라 안에서 다른 곳으로 이동할 때 계속 쓸 수 있다고 하니 그나마 위안이었다. 셔틀에 올랐다.

초등학생 때부터 들어 이름만 익숙한, 저 멀리 이국땅에 있으면서도 무지하게 커서 세상에 물이란 물은 다 그곳으로 흘러 들어가 떨어질 것만 같은 느낌을 주던 나이아가라는 내 상상보다 작았다. 나는 나이아가라 폭포를, 지구의 4분의 1정도 되는 땅이 느닷없이 떨어져 나가 한없는 골짜기를 만들며 어찌할 수 없는 물들을 마구 쏟아 내고 있을거라 상상했었다. 물을 마구 쏟아 내고 있는 건 맞았지만 크기는 조금 실망스러웠다.

그런 나를 압도한 건 물소리였다. 차마 소리까지는 상상할 수 없었던 나는 폭포가 만들어 내는 엄청난 소리에 오히려 크기를 실감했다. 나이아가라에 벌써 세 번째 와 본다는 롤리를 곁에 두고 나는 입을 헤벌죽 벌린 채 와아~와아~하며 폭포가 튕겨 내는 물보라에 축축히 젖고 있었다. 자연보습이었다.

잠시 옷도 말릴 겸 폭포에서 조금 떨어져 점심을 먹기로 했다. 물 한 병을 사서 식당에 딸린 야외 테이블에 앉았다. 식당에서 뭘 사먹은 건 절대 아니었다. 우리는 싸가지고 온 토스트와 야채참치를 테이블에 꺼냈다. 매일 빵과 잼만 먹다가 야채참치에 들어 있는 완두콩과 말캉한 당근이 반가웠다. 수저가 없어서 캔 뚜껑을 휘어 야채참치를 펴 빵에 발라 먹었다. 국물은 빵을 지긋이 담궈 빨아 먹었다. 궁상스러웠지만 나이아가라는 우렁우렁 쏟아져 내리고 끝없이 맑은 하늘엔 폭포가 만들어 낸 무지개가 걸쳐져 있는 뿌듯한 점심이었다.

야채참치에게 고마워하며 점심을 마치고 폭포 주변을 돌아 봤다. 나이아가라에 대해 내가 상상 못한 것이 또 있었는데 그것은 폭포 주변에 있는 호텔과 카지노들이었다. 숲이나 밀림 같은 자연 한 가운데 폭포만 있을 줄 알았는데 웬걸 폭포 주변은 거대한 호텔과 카지노가 들어 차 관광단지를 이루고 있었고 그 크기가 한 도시만 해 보였다. 비록 그런 거대한 호텔에서 자보지는 못하더라도 구경이나 하자 싶어 호텔로 가기로 했다. 이럴 때 그 셔틀의 티켓을 써먹자 싶어 정류장을 찾는데 찾을 수 없어 멀리 보이는 호텔까지 걸어서 갔다.

호텔 로비에서 숙박객인 양 사진도 찍고 화장실도 이용하고 호텔 카지노에 갔다. 카지노 앞엔 기도(달리 뭐라 부르는지 모르겠다)가 서서 신분증을 검사하고 있었다. 18살 이하는 카지노 출입이 금지였다. 신경 쓰지 않고 카지노에 들어가려는 우리를 기도총각이 막았다. 신분증을 요구했다. 나는 슬쩍 기분이 좋으면서도 기가 막히다는 듯 웃으며, 나 나이 많이 먹었다 했더니, 몇 살이냐고 기도총각이 물었다.

37살.

손을 꼽아가며 친절히 대답해 주었다. 기도총각은 두 엄지를 위로 치켜들며 "대단하다. 들어가라" 했다. 롤리와 나는 뿌듯했다. 그저 기분 좋았다. 그들 눈엔 우리가 궁상스런 아줌마로 보이지 않는 모양이었다.

#캐나다 친구 만나기 - 래리와 소피아

by Rolly

한국에서 멕시코에 가장 싸게 가는 방법은 미국을 경유하는 거다. 하지만 까딸리나에겐 미국비자가 없다. 차선으로 택한 것이 캐나다 경유. 이 경우에도 토론토 보다는 까딸리나도 나도 한 번도 가보지 못한 밴쿠버를 경유하는 것이 상식적으로 맞다. 게다가 밴쿠버는 세계적으로도 아름답기로 유명한 도시가 아니던가. 하지만 우리는 토론토를 선택했다. 이유는 단 한 가지. 친구 얼굴을 보겠다는 것뿐이었다(이번 여행의 모토는 '친구찾기' 가 아니던가). 이곳 토론토엔 나의 친구 래리와 소피아가 산다.

소피아는 캐나다 연수시절 내 단짝으로 함께 멕시코 여행을 했던 친구다. 그녀는 이번 여행소식을 듣고, 함께 하지 못하는 아쉬움에 안타까움을 감추지 못했다. 가이 컬렉터(?)로 명성이 높던 그녀는 캐나다에서 그토록 찾아 헤매던 인연을 만나 이제 두 아이의 엄마가 됐다.

"니 팔자가 젤 좋구나. 애가 하나만 있어도 따라가는 건데."

아직 젖도 못 뗀 둘째 아이 때문에 꼼짝도 못하는 소피아가 내겐 무척 낯설다. 그녀를 아는 친구들은 결혼 전의 그녀와 지금의 그녀가 동일인물이 아닐지도 모른다는 의심어린 눈초리를 보낼 정도다. 그만큼 그녀는 완벽하게 달라졌다. 결혼 전의 소피아는 활활 불타는 열정의 여인이었다.

어느 주말, 즉흥적으로 뉴욕 나들이를 결정한 우린, 토론토에서 렌트카를 끌고 지도 한 장에 의지한 채 국경을 넘어 밤새 달렸었다. 단 이틀 일정으로 자가용으로 국경을 넘나드는 경험은 생각보다 더 짜릿했었다. 무식하면 용감하다고, 솔직히 우린 뉴욕이 그렇게 먼 줄 몰랐다. 그 지도 한 장도 국경을 넘을 때 미국검문소 직원이 복사해준 거다. 그 황당해하는 표정이라니. 서울에서 폭주족(?) 경력이 있던 그녀는 시속 180까지 달렸고, 말로만 듣던 뻥 뚫린 미국의 고속도로에서 스포츠카 한 대가 도전해 와 숨막히는 레이스도 한판 벌였었다. 참 무모한 여행이었지만, 평생 잊지 못할 추억이다.

함께 멕시코 여행을 갔을 때는 어떤 분위기에나 대응할 수 있도록 드레스를 포함한 각종 의상과 구두, 악세서리를 담은 이민용 가방을 끌고 갔던 그녀였다. 어디서나 음악만 나오면 자연스레 춤을 추던 그녀, 쉽게 사랑에 빠지지만 그만큼 많이 상처받았던 그녀, 늘 무언가를 원하고, 그것을 찾아 세계를 떠돌던 그녀가 이제 비행기 못타는 캐나다 남자와 결혼해 꼼짝도 못하고 산단다. 아이러니 같기도 하고 이런 게 운명인가 싶은 생각도 든다. 그녀는 다음 여행엔 아이들 데리고 함께 유럽에 가자고 내게 다짐을 받았다. 그녀의 개인적인 사정으로 그녀와의 만남은 무산이 됐지만 우린 토론토에서 간만에 긴 '시내' 통화를 했다.

다행히 래리와의 만남은 이루어졌다. 그는 토론토에서 2시간여 떨어진 런던이라는 작은 도시에 산다. 래리를 만나기로 한 날, 나이아가라를 다녀오느라 지친데다 숙소로 돌아가 부랴부랴 옷을 갈아입는데 너무 시간을 잡아먹었다. 지하철을 타고 약속장소인 바티스트(Barthest) 역에 도착하니 벌써 래리가 도착해있다. 반가운 웃음, 따뜻한 포옹으로 우릴 맞아주는 래리. 관절염이 도졌다며 절룩이는 모습이 너무 안쓰럽다. 그래도 여전히 밝은 얼굴은 그대로다.

래리는 한국에서 내 영어회화 클라스의 첫 선생님이었는데, 그 인연으로 지금까지 친구로 지낸다. 그의 클라스에서 얻은 이름이 바로 '롤리' 이다. 그게 벌써 10년 전이니 이제 제법 오래된 친구다. 어학연수를 캐나다로 갔던 것도 래리 덕분이다. 그가 방을 빌려주고 학교도 소개해줘서 그의 집에 머물며 4개월간을 편안히 지낼 수 있었다. 이 캐나다 아저씨는 한국을 너무 좋아해서 벌써 여러 차례 한국을 오가며 영어강사를 하고 있다. 한국사람 이상으로 술, 담배를 즐겨서 이번에도 그를 위해 소주팩과 담배 한 보루를 챙겨왔다. 래리는 런던에 있는 한 전문대학의 부설 어학원에서 외국인에게 영어를 가르치고 있는데, 정신없는 서울에서 살다가 조용하다 못해 고요한 런던에서 지내는 게 무척 지루한 모양이었다. 토론토에 오게 되면 자기 집에서 지내라고 했지만 공항에서 2시간 거리인 런던까지 교통비도 만만찮고, 무엇보다 토론토 구경을 위해 안락한 래리의 집을 포기했다. 래리의 아파트엔 천정이 유리로 된 실내수영장도 있는데 말이다(-.-).

한국을 오가며 번 돈으로 두 아이들의 로스쿨 학비를 대느라 고생을 했었는데, 이제 그 둘이 다 변호사가 됐단다. 서양사람들은 어릴 때부터 애들 독립시킨다더니 래리를 보면 그것도 아닌 거 같다. 그렇다고 자식 덕을 보는 것 같진 않았지만 아들이 꽤 큰 로펌에 취직했다며 은근히 자랑이다. 자식자랑엔 국적이 상관없나 보다. 캐나다에 와 첨으로 식당에 들어가 식사다운 식사를 했다. 물론 래리가 사줘서. 헤헤. 맛있는 걸 먹으니 까딸리나의 눈동자가 빛난다. 기름칠을 한 혓바닥도 잘 구르는지 까딸리나의 영어가 술술 제대로 나온다. 그나저나 닭고기가 원래 이렇게 맛있었던가.

내일이면 멕시코로 떠난다고 하자 래리가 갑자기 심각한 표정으로 말한다.

"음… 이런 얘기하면 놀라겠지만, 바로 며칠 전 깐꾼에서 캐나다 여행객이 살해됐어. 그런데 멕시코 정부에서 적극적으로 수사를 안해서 캐다다 정부에서 캐나다인들에게 멕시코 여행 자제를 당부했다구."

"오 마이 갓!!!!!!!!!!!"

까딸리나와 나는 아연실색, 마주보고 할 말을 잃었다. 먹었던 치킨이 위장에서 곤두섰다. 멕시코시티도 아니고 깐꾼이라니. 거긴 우리 단둘이 갈 곳인데… 보호자도 없다구. 게다가 깐꾼은 안전하기로 소문난 곳인데, 어찌 그런 일이…….

래리는 장난스런 표정을 더하며, 웬만하면 가지 말고 캐나다에서 놀란다. 우리 오늘 래리 괜히 만난 거 아냐?

멕시코 시티

MeXico City

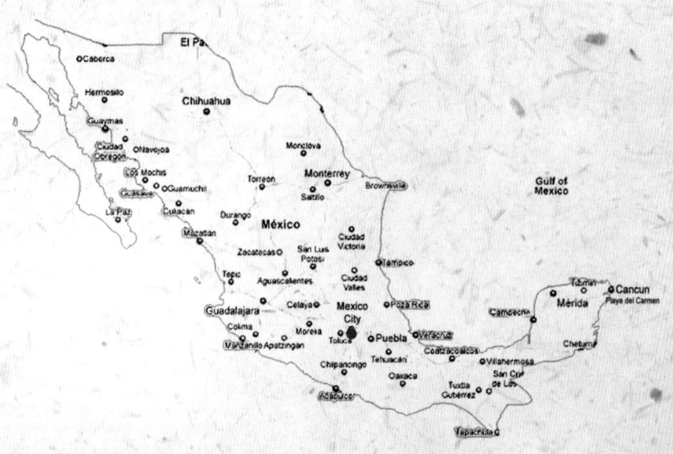

#올라! 멕시코

by Rolly

밤새 한숨도 못잤다. 옆방에 든 투숙객들이 밤새 쑥덕거렸다. 일본말도 들리는 거 같고, 불어 같기도 하고… 젠장… 마지막 밤까지 우릴 편하게 안 해주는군. 이 놈의 호스텔, 돌아가면 게시판에 컴플레인 잔뜩 써놓을 테다(물론 건망증 심한 아줌마들, 돌아가서 바로 잊었다).

비 오는 새벽, 짐은 바리바리 무거운데 무료셔틀버스 찾아 고생만 하다가 결국 택시를 타고 피어슨공항에 도착했다(호스텔 홈페이지에 올라와 있던 셔틀버스 정보는 더 이상 유효하지 않았다. 토론토에서 공항에 갈 땐 지하철이나 버스를 이용하시길).

하지만 에어캐나다보다 훨씬 깨끗하고 승무원도 아리따운 아에로멕시카나를 타자마자 기분좋은 예감이 솟구친다. 맞아! 꿈에 그리던 멕시코 여행의 시작은 지금부터잖아. 지금까지 있었던 캐나다에서의 갖가지 불운들이 눈 녹듯 기억에서 사라진다. 난 정말 단순하다.

4시간쯤 날았을까. 비행기 창밖으로 멕시코의 하늘과 구름, 그리고 거대한 산들이 하나 둘 보인다. 까딸

리나는 물빛이 잔뜩 섞인 말간 멕시코 하늘에 벌써부터 맘을 뺏긴 듯 창에서 눈을 떼지 못한다. 그러나 멕시코시티에 이르자 예의 그 잿빛 구름과 탁한 스모그가 도시를 뒤덮고 있다. 역시 세계에서 두 번째로 많은 인구와 오염도를 자랑하는 도시의 하늘답다. 비행기는 도착 예정 시간보다 15분이나 빨리 멕시코시티 공항에 우릴 내려놨다. 봐봐. 캐나다 갈 땐 그렇게 지연되더니 멕시코엔 오히려 빨리 도착했잖아. 이제 정말 행운이 시작되려나봐. 복장 터지게 느렸던 캐나다와는 하늘과 땅 차이로 입국수속도 간단하게 한 번에 통과다.

들뜬 가슴을 진정시키며 짐을 찾아 들고 입국장으로 들어갔더니 눈 앞엔 온통 멕시칸들이다.

"올라! 멕시코!(안녕! 멕시코!) 드디어 롤리가 왔어!"
감격에 겨워하며 마중 나와 있을 친구들을 찾았다. 그런데 아무리 봐도 어째 내가 아는 얼굴은 하나도 보이지 않는다. 감격이 순간 공포로 바뀌었다. 우리의 불운이 아직 끝나지 않은게야? 알렉스에게 그토록 시간을 지켜야한다고 당부해 두었건만 이 녀석 또 늦는가 보다. 또 멕시코 타임이야? 아님 설마 날짜를 잘못 알고 있는 거 아냐? 갑자기 무서운 상상이 끝도 없이 이어진다. 서둘러 멕시코 돈인 페소로 환전을 하고, 공중전화로 가 알렉스 핸드폰으로 전화를 걸었는데, 헉 뭐라뭐라. 스페인어로 떠드는 아줌마 소리. 몇 번을 해도 마찬가지다. 자세히 들어보니 잘못 걸었다는 거 같다. 그때 착한 눈을 가진 왜소한 체격의 할아버지 한 분이 다가오시더니 도와주시겠단다. '역시 멕시칸은 친절해.' 유니폼을 말끔하게 차려입으신 모양새가 공항 직원인가 싶어 거리낌 없이 도움을 요청했다. 할아버지는 자기 핸드폰을 빌려주겠다며 전화를 대신 걸어주기까지 하신다. 몇 번을 해도 연결이 되지 않자 할아버지가 번호가 잘못된 모양이라며 걱정스런 표정이다. 그럴 리가. 분명히 제대로 적었다구. 까딸리나의 눈치를 보며 멕시코에서 미아가 되는 것인가 끙끙 앓고 있는데, 갑자기 까딸리나가 손가락질을 하며 외쳤다.

"알렉스다!!!!!!!!"
반가움에 한달음에 달려가 안기면서도 원망스러운 맘에 절로 눈이 흘겨진다. 알고 보니 멕시코시티 공항에는 입국장이 하나가 아니란다. 다른 곳에서 기다리다가 혹시나 해서 이쪽으로 와봤다며, 때마침 핸드폰까지 잃어 버렸다는 게 아닌가. 제대로 꼬였던 거다. 그때 옆에 있던 할아버지가 알렉스에게 뭐라 뭐라 하시며 핸드폰으로 통화기록을 보여주시더니 돈을 받아가신다. 허걱, 할아버지 한 통화도 안됐잖아요. 알고보니 그는 공항에 상주하며 핸드폰을 대여해주는 친절한 장삿꾼이었던 거다. 세상에 공짜는 없다는 걸 다시 깨닫게 해주시는 할아버지.

알렉스 가족과 호르께

알렉스 옆에는 알렉스 주니어가 방글방글 웃고 있다. 우리 딸과 동갑인 사내아이다. 그 뒤로 알렉스 부인 신띠아와 나의 또 한명의 베스트 프렌드 호르께까지 모습을 드러낸다. 우린 멕시칸 식 인사인 포옹과 볼뽀뽀를 해대며 재회의 기쁨을 나눴다.

"무초 구스또!" (반가워!)

드디어 멕시코와 멕시칸 친구들을 만나는 순간이다!!!!!!

떼오띠우아깐 누가 만들었는지 어떻게 만들었는지 알 수 없는 수수께끼의 피라미드인 해와 달의 피라미드. 아스텍인들이 이곳을 발견했을 때는 이미 도시는 붕괴되어 있었고, 이곳에 살던 사람들은 사라지고 없었다고 한다. 단지 기원전 2세기부터 7세기까지 인구 20만 정도가 거주했던 것으로 추정하는데, 이 시대에는 유럽 어느 곳에서도 이렇게 큰 도시는 없었다고 한다. 이 엄청난 규모의 도시를 보고 도저히 인간이 만들었다고 볼 수 없었던 아스텍인들은 이곳을 신이 지은 도시라 믿고 신들의 집회장소라는 뜻의 떼오띠우아깐(Teotihuacán)이라 이름을 붙였다. 거대한 태양의 피라미드(높이 65m, 밑변 225m×225m)와 달의 피라미드(높이 46m, 밑변 150×120m)에 오르니, 신의 음성이 닿을 듯도 하다. 일 년에 두 차례 태양의 피라미드 바로 위로 해가 뜨는데 그때 피라미드가 환상적으로 빛을 뿜어낸단다. 떼오띠우아깐은 멕시코시티에서 북쪽으로 50km, 버스로 약 1시간 걸리는 곳에 있다. 멕시코시티에서 가장 쉬운 대중 교통 이용법은 지하철을 타고 3호선 종점인 INDIOS VERDES 역에 내려 PIRAMIDES라 쓰여진 버스를 타고 유적지까지 가면 된다.

#떼오띠우아깐에서 까딸리나, 이름을 얻다

by Catalina

롤리는 스케줄 관리를 하는 사람으로서의 막중한 책임감에 눌려 초조, 불안 증세를 나타낼 때가 가끔 있었다. 그녀는 나를 신경 쓰느라 더욱 그러한 증세를 보이고 나는 괜찮다는 것을 보이려고 다시 어떤 과잉반응을 했다. 우리는 서로의 기분을 어림짐작하느라 조금 불편했다. 멕시코 친구들이 공항에 늦게 나오는 바람에 롤리의 작은 몸이 땀에 절었다. 공항에서 하루쯤 자는 것도 여행의 추억이 되겠구나 라며 억지로 좋은 쪽으로 생각을 하고 있던 나는 그들을 만나 말할 수 없이 반가웠다.

먼저 알렉스가 보였다. 3년 전 인사동에서 봤을 때와는 많이 다른 모습을 하고 있었다. 그때는 아이 같았었는데 3년 후 그는 어른, 아니면 아저씨쯤의 포스를 풍기고 있었다. 아무려나 잠 잘 곳을 마련해 줄 누군가가 나타난 것만으로 나는 걱정 없는 아이가 되었다. 반가운 마음이 넘쳐도 덥석 안기에는 서먹해 쭈뼛거리며 롤리와 알렉스가 서로 포옹하는 것을 쳐다봤다. 다음은 사진으로만 3초간 본 호르께가 나타났다. 역시 롤리와 반갑게 인사하고 쭈뼛거리는 나에게 다가와 아무 스스럼없이 환하게 웃으며 포옹을 해 왔다. 처음 만나는 사람에 대한 거리감이 전혀 없는 몸짓이었다. 한 발 늦게 나타난 알렉스의 부인, 신띠아도 그런 면에서는 마찬가지였다. 처음 만나는 나에 대해, 처음 봤다는 것 때문에 어떤 관심을 갖진 않았다. 거리감 '제로' 인 그들의 몸짓에 나는 조금 당황하고 있었다. 낯선 사람에 대한 경계는 알렉스의 아들, 4살짜리 알렉스가 조금 해 주고 있었다. 오히려 그 편이 익숙했다.

'그래도 나는 처음 만나는 사람인데…… 뭐, 좀…… 롤리와는 다른 대접을 해 줘야 하는 거 아니야, 이거……?' 속으로 궁시렁 댔다.

알렉스와 호르께가 집으로 가기 전에 떼오띠우아깐 피라미드를 보고 가자고 했다. 알렉스의 차에 6명이 타고 출발했다. 아~~자동차. 토론토에서 죽어라 3박 4일을 걷고 난 후여서 자동차의 기름 냄새, 오래된 가죽 냄새가 너무 사랑스러웠다. 차로 달리며 보는 멕시코는 산이 없어 멀리까지 내다 보였다. 눈이 가 닿는 곳의 끝엔 대부분 산이 있는 우리 땅과는 많이 달랐다. 그리고 그곳에 아무렇게나 점점이 흩어져 있는 회색구름은 비를 안고 있는 것이 분명한데도 가볍게만 보였다. 멀리 산처럼 보이는 육중한 것이 눈에 들어왔다. 떼오띠우아깐 피라미드였다. 시간은 오후 3시. 피라미드를 오르려면 힘이 필요하니 우선 먹자고 알렉스가 제안했다. 슬슬 그들의 마음씀씀이 좋아졌다.

피라미드 근처, 유명하다는 식당으로 들어섰다. 자연동굴 안에다 만든 식당이었다. 동굴 내부 벽에 초를 수 백 개 켜 조명을 대신하고, 마리아치들이 연주를 하고 있었다. 의자와 테이블보의 색깔이 붉은 색을 중심으로 화려하게 펼쳐져 있어 가뜩이나 음식 먹을 생각에 들떠 있는 나를 더욱 흥분케 했다. 무얼 먹을지 몰라 하는 롤리와 나를 위해 알렉스와 호르께의 음식 설명이 시작됐지만 진짜 접시에 담긴 것이라면 무엇이든 좋았다.

"접시에 담긴 음식은 집 떠난 후 딱 한 번 먹어봤다(토론토에서 래리를 만났을 때). 토론토에서는 식빵만 먹고 지냈다" 며 음식 앞에서 경계심이 무너진 나는 수다를 떨었다. 호르께가 "토론토에서 감옥에 있었냐" 며 큰 입을 크게 벌려 웃었다. 시원스런 웃음이었다.

지금은 이름을 기억할 수 없는 멕시코 음식들 중에 아직도 내 위를 꿈틀하게 만드는 것이 '후리홀레스' 다. 멕시코에는 다양한 종류의 소스들이 있어 롤리는 그것들 중, 매운 소스를 너무너무 좋아했지만 나는 매운 소스보다도 후리홀레스에 마음을 뺏겼다. 후리홀레스는 콩을 삶아 으깬 후, 기름에 살짝 볶은 것인데 된장에 소금기를 뺀 맛과 비슷할 것 같다. 그것을 또르띠야나 타코에 바르고 치즈를 얹거나 매운 소스들을 얹어, 또는 치즈도 얹고 매운 소스도 얹어 한 입 먹는다. 매운 소스가 침샘을 강하게 자극해 턱이 뻐근해지고, 혀는 치즈에 엉겨 붙고, 타코는 바삭바삭 소리 내며 귀와 경구개를 때리고 이 모든 것을 후리홀레스가 포근히 감싸 진정 시키며 식도를 타고 위에 안착시킨다. 한 입만으로 포만감이 생기면서도 손은 이미 또 다시 타코를 향해 가고 있다. 멕시코에서 지내는 내내 나는 후리홀레스, 후리홀레스 노래를 부르고 다녔고, 결국 집에 올 때 캔에 든 것을 사와 집에서 멕시코 음식을 한 판 차려 먹었다. 음식 얘기를 너무 장황하게 했다.

암튼, 내가 말하고 싶은 것은 함께 첫 식사를 하는 동안 나는 멕시칸들에게 무장해제 당했다. 더 이상 롤리와 다른 취급을 안 해 주는 것에 어색해하지 않게 되었다는 것이다. 그들은 처음부터 나를 낯선 사람 취급하지 않았기에 특별대우란 없었던 것이고 그 마음씀씀이에 나는 태어나서 가장 짧은 시간 안에 모르는 사람들 속에 섞여 웃을 수 있었다.

든든히 먹고 피라미드로 향했다. 멀리서 못 본 척 힐끗 봐도 피라미드는 컸다. 비를 안고 있던 회색구름은 기어이 비를 떨구고 있었지만 맞을 만했다. 호르께는 세계 곳곳의 친구들이 멕시코에 올 때마다 가이드를 했다면서 유창한 영어로 피라미드에 대해, 멕시코에 대해 얘기했다. 멕시코시티에 머무는 동안 그는 우리의 가이드와 보디가드, 아빠 노릇까지 톡톡히 해냈다. 무장이 해제되다 못해 신이 난 나는 호르께가 영어로 얘기하면 동시통역한답시고 한국인 관광 가이드 흉내를 내며 까불었다. 37살이 24, 26살 앞에서 까불고 있었다.

인터넷으로 검색해 본 '해와 달의 피라미드-떼오띠우아깐' 과 내 눈앞의 이것은 달랐다. 우선 눈앞에 있는 피라미드의 양감에 놀랐다. 크다는 것과

그것의 무게를 느낀다는 것은 다른 경험이었다. 저 큰 돌 제단 안에 수많은 돌들이 들어 있고, 또 들어 있고, 또 들어 있다고 생각하니 피라미드 돌을 져 나르기라도 한 듯 허리가 아팠다. 그리고 집중해서 발을 내딛지 않으면 굴러 떨어질 것 같은 계단의 경사는 피라미드를 올라가는 내내 나를 진지하게 만들었다. 피라미드는, 꼭대기는 하늘을 향하고 있지만 그 육중한 무게는 땅을 떠날 수 없어 하늘과 땅을 잇고 있었다.

알렉스와 신띠아, 알렉스 주니어는 피라미드의 중간쯤에서 오르기를 포기하고 나와 롤리, 호르께만 꼭대기까지 올랐다. 앞서 올라온 몇몇이 보였다. 그들 중, 푸른 눈의 누군가는 가부좌를 하고 손을 합장해 우주의 기를 받으

려 노력하고 있었다. 해 피라미드를 내려와 달 피라미드로 향하는데 빗방울이 제법 굵어졌다. 그 덕에 다른 관광객들이 빠르게 피라미드를 빠져 나가고 있었다.

해와 달 피라미드를 잇는 곧고 넓은 '죽음의 길'(제물로 바쳐지려고 걸어가던 길)에 비가 내리고 있었고 우리 외에 다른 사람은 드물었다. 사위가 조용했다. 물속에 혼자 잠겨 있는 듯, 보이지 않는 누군가가, 무엇인지 모르는 것이 아직도 이 길을 걷고 있는 듯 고요하고 두려웠다. 무엇인지 알 수 없어 두려운 것은 항상 나를 매료시켜 왔다. 너무 많은 기억들이 비와 함께 나를 적셔 와 길로 스며 들듯 허정허정 걸었다. 그 때 누군가를 부르는 소리가 들렸다.

"까딸리나~ 까딸리나~"

비 내리는 죽음의 길에 누군가의 이름이 안타깝게 불리워지고 있었다. 나를 부르는 것이 아닐 거라 생각하면서도 호르께의 목소리 같아 뒤돌아보았다. 호르께는 나를 보며 '까딸리나' 라고 부르고 있었다. 비가 와 덧입은 얇은 스웨터 등 쪽에 영어로 'CATALINA 274' 라고 써 있었던 것이다.

그렇게 해서 '까딸리나' 라는 멕시칸 이름을 얻었다. 다들 내 이미지와 딱 맞다며 좋아했다(알렉스는 딸을 낳으면 까딸리나 275로, 호르게는 딸을 낳으면 까딸리나 276으로 이름을 짓겠다고 했다. 까딸리나 1호, 2호, 3호가 탄생하는 것이다). 까딸리나, 나도 맘에 들었다. 어쩐지 매우 활발하고 여성스러운 매력을 함박 갖고 있는 사람을 연상케 하는 이름이었다. 새로운 곳에서 새로운 사람들에게 새 이름을 얻었다. 어쩌지 못하는 것은 잊어버리라고, 지나간 길은 뒤 돌아보지 말고 새로 태어나라고 하는 것 같았다. 죽음의 길에서 나는 다시 태어나는 중이었다.

멕시코 독립기념탑 _ 멕시코시티의 상징인 독립기념탑(Monumento de la Independencia)은 황금빛 독립 수호 천사상(El Angel del la Independencia)으로 유명하다. 이 탑은 1910년 멕시코 독립 100주년을 기념해서 스페인과의 독립전쟁의 영웅을 기리기 위해 건립되었다. 45미터 높이로 멕시코시티를 대각선으로 가로지르는 레포르마 거리(El Paseo de la Reforma) 중앙에 당당하게 서있다. 탑 꼭대기에는 앙헬(Angel)이라고 부르는 황금 천사상이 있고 네 모퉁이에는 법, 정의, 전쟁과 평화를 상징하는 여인상이 세워져 있다. 기단에는 멕시코 독립 영웅들의 조각상이 있고 기념탑 안에는 그들이 영웅으로 모시는 이달고 신부, 이그나시오 알렌데, 후안 알다마 등의 유골이 안치되어 있다고 한다. 독립기념탑은 밤이 되면 아름다운 조명으로 더욱 화려하게 빛난다.

#멕시코시티, 나의 집에 돌아오다

by Rolly

드디어 멕시코시티에 입성했다. 이곳엔 나의 가장 절친한 두 친구 알렉스와 호르께가 산다. 그 이유 하나만으로 두려움을 떨칠 수 있던 곳.

공항에서 만난 두 친구의 모습은 많이 달라져 있었다. 앳돼보였던 호르께는 이제 제법 남성미가 풍기고, 애 아빠가 된 알렉스는 배도 좀 나오고 살집이 올라 이젠 누가 봐도 완벽한 아저씨다. '녀석들의 눈에 비친 내 모습도 6년 전 보다 팍삭 늙었을 텐데…….' 내 걱정스런 마음을 읽었는지 오히려 전보다 더 어려졌다며 호들갑을 떤다. 정말 착한 친구들이다.

학업을 이유로 몬떼레이에서 멕시코시티로 옮겨온 알렉스의 집은 우연찮게도 호르께의 집으로부터 차로 10분 거리였다. 덕분에 거처는 알렉스의 집으로 정했지만, 공부로 바쁜 알렉스를 대신해 호르께가 가이드를 해준단다. 뉴욕에서 주식 중개인이었던 호르께가 마치 우릴 위해 멕시코로 날아온 것만 같다.

공항에서 가깝다는 이유로, 멕시코 땅에 발을 딛자마자 떼오띠우아깐으로 직행해서 관광을 하고 돌아오는 길. 캐나다에서 멕시코로 날아와서 고대의 아스텍까지, 시공을 넘나드는 스케줄이다. 알렉스 집에 가기 전 먼저 호르께 집에 들러 가족들에게 인사를 하기로 했다. '호르께의 가족들은 얼마나 변해있을까?' 다정한 호르께 엄마 테레사의 모습이 제일 궁금하다.

멕시코시티 시내에 들어서자 매캐한 공기에 저절로 코를 쥐게 된다. 까맣게 잊고 있던 멕시코의 매연. 도로 위에 달리는 차들은 다투어 검은 연기를 토하고 있다. 다시 만나도 이건 반갑지 않다. 주택가로 접어드니 알록달록한 멕시코 특유의 원색집들이 보인다. "어쩜 저런 색을 칠할 수 있지?" 까딸리나는 신기한듯 집 구경에 빠져있다. 골목골목을 돌아 우리를 기다리고 있는 레몬색깔 호르께의 집 앞에 당도했다. 전혀 변하지 않은 그 모습 그대로인 그의 집 앞에 서자 6년 전으로 돌아간 기분이다.

호르께 마마, 테레사

처음 멕시코시티에 왔을 땐, 호르께네 집에서 지냈다. 그 당시 호르께는 어학연수를 마치고 온타리오 대학에 입학해 계속 캐나다 런던에 머물러 있었지만, 그는 아무 거리낌 없이 우리를 자신의 멕시코 집으로 초대했다. 사실 런던에서도 소피아와 난 호르께의 숙소에서 무전취식, 신세를 지고 있던 중이었다. 멕시코로 여행가기 직전까지 단 몇 일간이었지만, 홈스테이 계약이 끝나 갈 곳 없던 우리를 호르께가 받아준(?) 것이다. 그는 주로 학생들이 자취하는 기숙사식 호텔에서 살고 있었다. 같은 반도 아닌(그는 학급 레벨이 훨씬 높았다) 그에게 부탁을 한건 홈스테이를 하는 다른 친구들에 비해 그의 숙소가 제일 편한 곳이었

기 때문이다. 그는 의외로 넙죽 우리의 부탁을 들어주더니, 대신 매일 한국 음식을 해달라는 조건을 달았다. 집 떠나 홀로 유학생활하면서 사먹는 밥에 신물 나있던 녀석은 집 밥이 그리웠던 모양이다. 소피아는 각종 요리사 자격증을 가진, 전직 레스토랑 사장님이었다. 그녀는 없는 재료 가운데에도 솜씨를 발휘해 매일 맛난 요리로 호르께를 감탄시켰고, 나도 유일하게 잘 하는 닭볶음탕을 만들어 그를 한국음식 마니아로 만들어버렸다. 우리가 있는 동안 그의 집에서는 매일 파티가 열렸다. 한국음식을 해준다는 소문을 들은 다른 친구들이 맥주를 싸들고 찾아들었기 때문이다. 그렇게 며칠을 보내고 멕시코로 떠나는 날 호르께는 멕시코시티에 가면 꼭 자기 부모님 집에 방문하라며 집에 미리 연락을 해두고, 집 근처에 사는 자기 친구에게 가이드까지 부탁해뒀다. 그래서 소피아와 나는 친구도 없는 친구 집에서 먹고 자고, 그 가족들과 함께 지내는 아주 특별한 경험을 하게 됐다.

호르께의 초대로 그의 집을 찾아가긴 했지만 친구 없는 친구 집을 방문하기란 어색하기 짝이 없었다. 우리는 그저 공짜로 숙식을 해결하는 것에 의미를 두고 있었다. 하지만 푸근한 인상의 호르께 엄마 테레사는 마치 자신의 자식들인 양 우리를 살갑게 대해주었다. 당시 그녀의 세 자녀 중 둘이나 캐나다에 유학중이었으니 우리 모습에서 자녀들의 얼굴이 오버랩되어 보였을 법도 했다. 테레사는 우리에게 이곳은 너의 집이야(Tu Casa)라며 비어있는 딸의 방을 내주었고, 마치 딸 걱정을 하듯 우리의 식사는 물론 스케줄까지 일일이 챙겨주었다. 가이드를 해주던 이웃집 친구 알레한드로가 바쁠 땐 테레사가 우리와 함께 택시를 타고 나가 시장구경도 시켜주었다. 그녀는 영어가 짧고, 우리는 스페인어가 짧아 모든 대화는 바디랭귀지로만 이루어졌지만, 시간이

지나면서 바디랭귀지만으로도 우리는 서로를 이해할 수 있을 정도가 됐다.

한 번은 그녀가 집에서 부업으로 팔고 있던 은세공 악세사리를 내어 놓더니 우리에게 해보라며 이것저것 권했다. 테레사는 악세사리를 하는 우리의 모습을 뿌듯하게 보시며 '보니따, 보니따(예쁘다)'를 외치더니만 그 많은 걸 둘로 나누어 우리에게 선물이라며 주시는 거다. 당장 조그만 노점상을 차려도 될 만큼 많은 양에 적잖이 당황되었지만, 무엇이든 주지 못해 안타까워하는 엄마처럼 느껴져 우리는 거절할 수 없었다. 떠나는 날엔 공항까지 배웅을 나와서는 방문해줘서 고맙다는 편지까지 손수 써서 전해주던 나의 멕시코 엄마 테레사는 결국엔 눈물까지 뚝뚝 흘렸었다.

"멕시코엔 너의 집이 있어. 언제든 돌아와."

그녀는 그렇게 내 가슴속에 남았다. 문득문득 그때의 시간이 그리워질 때면 그녀가 서툰 영어로 써준 편지를 한 번씩 꺼내보기도 했었다. 이렇게 다시 만날 날을 고대하면서 말이다.

테레사와 마리아

"마마, 롤리가 왔어요."

다시 만난 테레사는 덥석 안아주시며 보고 싶었다고 반겨주셨다. 많이 늙으셨으면 어쩌나 걱정했는데, 흰머리가 좀 많아졌지만 다행히도 크게 변

호르께의 여동생 마리아가 딸 채민이에게 선물해준 인형

하지 않은 모습이었다. 자식들이 다 집으로 돌아와서인지 오히려 그때보다 한층 편안하고 행복해 보였다. 테레사는 딸 마리아와 함께 여성 속옷 비즈니스를 시작해서 무척 바쁘고 활기차게 지낸다고 했다.

"딸아이를 함께 데려오는 줄 알았는데 왜 데려오지 않았어?"

"아직 너무 어려서요."

딸아이를 너무나 보고 싶어 하는 마마와 가족들을 위해 마침 핸드폰에 저장해간 딸아이의 동영상을 보여주었다.

'보니따, 께 보니따(이쁘다, 너무 이뻐)'.

다른 식구들과 친구들이 모여 딸아이의 재롱을 보고 즐거워한다. 화면 속의 내 딸은 곰 세 마리를 불러대고 있다. 내가 봐도 이쁘다.

테레사는 다음 번에 올 땐 꼭 딸아이와 남편을 데려와야 한다며 신신당부하신다. 그땐 아이를 당신이 맡으시겠다며. 아무래도 내 딸에게 당장 스페인어를 가르쳐야 할 것 같다.

너무 빨리 장가 간 알렉스

밤늦게까지 호르께의 가족들과 회포를 풀고, 알렉스 가족들과 함께 그의 집으로 향했다. MBA를 시작한 알렉스는 평일엔 시간을 좀처럼 내기 어려우니 낮에는 호르께와 지내고 저녁때는 자기랑 시간을 보내야한다며,

우리의 숙소를 자기의 아파트로 정했다. 다행히 두 집이 가까워서 멕시코 시티에 있는 동안엔 양쪽 집을 오가며 지낼 수 있게 됐다.

알렉스와 알렉스 주니어, 그리고 그의 아내 신띠아가 사는 아파트는 아담하고 예쁘게 꾸며져 있었다. 스물넷 나이에 이렇게 가정을 꾸린 가장이 되다니……. 녀석을 처음 만났을 당시만 해도 상상도 못했던 일이다. 물론 그때도 자기는 빨리 결혼을 해서 자기 아빠처럼 친구 같은 아빠가 되고 싶다고 했지만 본인도 아마 이렇게 빨리 아빠가 되리라는 생각은 못했을 것이다.

우리는 짐을 풀고 알렉스가 기다리던 선물 보따리를 내놓았다. 그가 원하던 건 틴틴 과자와 백세주, 신띠아에겐 전통자수가 새겨진 러너, 주니어에겐 티셔츠를 선물했다. 알렉스는 그 큰 입을 귀에 걸며 함박웃음을 터뜨린다. 틴틴 과자는 자기만 먹을 거라며 선반에 감추는 모습이 마치 어린애 같다. 그는 한국에 왔을 때 먹어본 틴틴과자와 백세주를 나보다 더 원하는 듯 이메일을 보낼 때마다 잊지 말고 가져와 줄 것을 신신당부했었다.

알렉스는 3년 전 한국으로 교환 학생을 왔었다. 그가 다닌 대학이 연세대학교와 교환학생프로그램을 하고 있었던 것이다. 내가 산 루이스 포토시의 그의 집을 찾았을 때, 알렉스도 우리집에 꼭 오겠다고 약속했었는데, 진짜로 그 약속을 지키게 될 줄은 몰랐다. 지구 반대편에 살고 있는 우리의 인연이 이렇게 끊어지지 않고 계속 될 줄은…….

알렉스가 교환학생으로 왔을 때 공교롭게 내가 임신 중이어서 버르던 만큼 잘 챙겨주지도 못하고, 자주 만나서 많은 시간을 보내진 못했지만, 알렉스는 우리 집에서 내가 차려준 한식도 맛보고, 내 가족과 친구들을 만날 수 있었다. 그는 이제 내가 멕시코를 알게 된 만큼 한국을 알게 됐고, 내가 멕시코의 음식을 좋아하는 것 이상으로 한국 음식을 사랑하게 됐다. 특히 그는 팥빙수에 홀딱 반했다. 이 더운 멕시코에 팥빙수가 없단다(멕시코에 이민가시는 분들 참고하시길‥).

때마침 그에게도 예상치 못했던(!) 알렉스 주니어가 생기는 바람에 서둘러 멕시코로 돌아가 결혼을 했다. 그래서 우린 동갑 아이를 둔 부모가 된 것이다. 우리의 인연은 아마 이 두 아이에게도 계속 이어지지 않을까 싶다. 멕시코 사람들은 결혼을 빨리 하는 편이다. 그의 부모도 알렉스 나이에 결혼을 하셨다. 특히 알렉스처럼 아이를 갖는 바람에 이른 결혼하는 경우도 적지 않다고 한다. 설혹 결혼을 안하더라도 아이는 낳는단다. 가톨릭 국가인 멕시코에선 낙태가 쉽지 않기 때문이다(지난해 합법화됐다고 하지만, 아직도 대부분의 병원에서는 낙태를 시행하지 않는단다). 그래서 싱글맘이 많고, 워낙 많다보니 그런 사람들에 대한 편견도 적다고 한다.

알렉스는 임신 사실을 알고 우리집으로 상담을 왔었다. 그는 갑작스런 임신 소식에 당황해서는 자신이 아버지가 될 아무런 준비가 되어있지 않다고 걱정을 했다. 게다가 그는 하고 싶은 공부가 남아있었다. 그는 넉넉한 집 아들이었지만 절대 부모에게 의지하고 싶어 하지 않았기 때문에 이제 결혼을 위해 공부를 포기할 수밖에 없는 처지가 된 것이다. 하지만 이미 돌이킬 수 없는 일. 잠시 고민한 그는 역시 멕시칸 웨이로 긍정적인 해결방안을 찾았다. 알렉스는 남은 유학기간 동안 스페인어 과외 아르바이트를 하며 돈을 모으고, 호주여행을 하려고 모았던 돈을 결혼비용에 보탰다. 그리고 마지막 수업이 끝나기 무섭게 멕시코로 돌아가 조촐한 결혼식을 했다. 졸업 후엔 계획했던 MBA과정을 들어가는 대신 취업을 하고, 진짜 가장이 되었다. 그렇게 3년이 흘렀고, 이제 아내 신띠아가 대학을 졸업하는 터라 원래 계획했던 MBA를 다시 시작하게 된 것이다. 꿈을 포기하지 않고, 언제나처럼 차근차근 자신의 인생을 계획대로 실천해가는 알렉스가 너무 대견하다.

'알렉스, 넌 아무리 봐도 나보다 연상 같다.'

#소깔로 나들이

by Rolly

아침부터 비가 오고 날씨가 무척이나 서늘하다. 멕시코에서 입을 옷은 전부 민소매티에 짧은 치마와 반바지로 준비했는데, 캐나다에서는 더워서 한 번도 꺼내 입지 않던 긴소매를 꺼내 입어야 할 판이다. 정말 환경문제가 심각하긴 한 것 같다. 세계 어디나 이상기온으로 기후가 예년 같지 않다더니 캐나다도 멕시코도 내가 알던 날씨가 아니다.

오늘은 본격적으로 멕시코시티의 시내구경을 가기로 했다. 오늘의 가이드는 호르께, 내일도 모레도 호르께다. 그는 택시를 대동하고 나타나 우리를 소깔로로 데리고 갔다. 부르주아 녀석, 덕분에 우리가 호강한다.

소깔로는 멕시코의 도시마다 있는 중앙광장을 말하는데 스페인어로 배꼽이라는 뜻이란다. 멕시코시티의 소깔로는 독립기념 행사를 비롯해 국가의 각종 행사 등이 열리는 주요 무대이기도 하다. 소깔로 주변에 있는 국립 예술원 궁전(Palacio de Bellas Artes)에 먼저 들렀다. 이곳은 일종

국립 예술원

의 예술극장이다. 미술관과 콘서트홀을 갖춘 건물인데 눈부신 금빛 지붕과 그 위에 얹혀있는 조각상이 그 자체로 예술작품 같다. 건물 앞에 자리한 조각상도 원래 지붕 위에 있던 것을 하중 때문에 내려놓은 것이란다. 이 미술관에서 바로 엊그제까지 프리다 깔로 전시회가 있었다. 어쩐지 거리마다 프리다 포스터가 붙어있더라니. 다른 전시라도 보고 싶었지만, 가는 날이 장날이라고 미술관은 마침 청소하는 날이라 들어갈 수 없었다. 예전에 소피아와 이곳에 한번 온 적이 있는데, 그때 본 멕시코 벽화가 상당히 인상적이었다. 실제로 멕시코에서는 프리다 보다 그녀의 남편 디에고 리베라가 국민화가로 더 유명한데 그가 남긴 대형 벽화가 바로 이곳에 있다.

아쉬운 마음에 아트숍에 들러 프리다 깔로의 기념품이라도 구입하기로 했다. 아트숍에는 그녀의 전시회 직후라 그런지 온통 프리다 기념품이었

〈프리다 깔로 세계로의 방문〉

다. 난 마침 쉬운 스페인어로 쓰여진, 아마도 초등학생용인 듯한 그녀의 생애와 그림을 설명한 '프리다 깔로 세계로의 방문(Una Visita al Mundo de Frida Kahlo)' 이라는 작은 책자를 하나 골랐다. 까딸리나는 구석구석 돌아다니면서 예쁜 소품들을 만날 때마다 탄성을 질러댔다. 그러더니 결국 골라잡은 것이 해골 카드문양 묶음. 다양한 해골문양 아래에는 그 해골이 상징하는 의미가 적혀있었다. "멕시코 사람들은 죽음을 친근하게 생각한다고 들은 것 같아." 요즘 한창 스케치에 빠져있는 까딸리나는 이 문양을 사다가 그려보고 싶다며 신이 났다. 호르께에게 물어보니 멕시코에서는 '죽은 자의 날' 이 있는데, 그 날은 우리가 제사를 지내듯 죽은 자들을 위한 파티를 한다고 한다. 제사가 아닌 파티. 그것이 이들이 죽음을 대하는 태도인 것이다. 그래서인지 우리에겐 섬뜩한 해골이 여기서는 익살스럽기까지 한 캐릭터로 가는 데마다 넘쳐난다.

기울어져가는 멕시코시티

미술관을 나와 소깔로로 향했다. 소깔로 광장 주변엔 100년이 넘은 대성당과 오래전 대통령이 기거하던 대통령 궁을 비롯해 호텔, 박물관, 레스토랑, 중앙 우체국 등 스페인 식민지 시절 지어진 콜로니얼 스타일의 건물들이 즐비하다. 길거리 구경만으로도 문화유산답사다. 까딸리나도 그 큰 눈을 더 동그랗게 뜨고 아름다운 건물과 거리를 보느라 정신이 없다.

"그런데 거리가 약간 기우뚱한거 같아." 까딸리나는 호르께를 바라보며 물었다. 호르께는 사실이라며, 실제로 바닥이 가라앉아 그렇단다.

"원래 멕시코시티는 거대한 호수 위에 있는 수상도시였는데, 스페인 정복자들이 호수를 매몰하고 그 위에 다시 도시를 세운거야. 약한 지반을 제대로 다지지 않고 거대한 성당이며 건물들을 짓는 바람에 바닥이 아래로 꺼지고 있어. 건물들이 한쪽으로 기울거나 심하게는 무너진 곳도 있지." 그래서 현재 곳곳에서 건물 바닥공사를 진행 중이라는데, 멕시코시티 전체가 그렇기 때문에 일부 중요한 건물만 보수할 뿐 전체적인 문제를 해결할 방법은 없다고 한다. 정복당한 나라의 상처는 수 백 년이 지난 오늘도 지워지지 않은 채 남아있다.

"땡고 암브레"(배고파). 본격적인 관광에 앞서 점심을 먹기로 했다. 오늘 점심은 소깔로가 한눈에 내려다 보이는 전망 좋은 호텔식당에서 하자며 호르께가 앞장을 선다. 캐나다에서 궁상 떨던 것을 생각하면 이건 무슨 극과 극 체험 같다. 좋긴 하다만 이 녀석 수준에 맞추자니 주머니 사정이 좀 걱정이긴 하다. 코로나에 뷔페식으로 여유로운 점심을 마치고, 축제준비가 한창인 소깔로로 향했다.

초대형 멕시코 국기가 펄럭이는 소깔로는 독립기념일을 준비하느라 부산스러워 보였다. 광장 한쪽에는 공연을 위한 무대가 설치돼있고, 다른 한쪽에

소깔로의 천막 장터와 거리 풍경

는 각종 향토특산물을 파는 장터가 천막을 치고 늘어서 축제분위기를 더했다. 판매되는 상품들은 주로 멕시코 전통 방식으로 만들어진 것들이었다. 캔디에서부터 수제인형, 전통의상, 전통음식, 양념 등 종류가 다양했다. 사고 싶은 것은 많았지만 가격이 보통 시장에서 사는 것의 3배라며 호르께가 말린다. 쇼핑은 시장에서 하기로 하고 광장 앞에 있는 남미에서 가장 크다는 대성당(Cathedral Metropolitan)으로 자리를 옮겼다. 입이 떡 벌어지게 거대한 위용을 자랑하는 대성당은 웅장하고 화려한데다 보는 이가 절로 숙연해지게 만드는 엄숙함이 있었다. 입구에 들어서자 바깥의 소란함과는 전혀 다른 세계가 펼쳐진다. 어둑하고 고요한 실내에는 무릎 꿇은 신도들이 여기저기 두 손을 모은 채 간절한 기도를 드리고 있다. 천정과 벽에는 아기천사와 성화가 수없이 펼쳐져있다. 웅장하고 성스러운 분위기에

압도되어 나도 모르게 고개가 숙여진다. 입을 떡 벌리고 있는 건 까딸리나도 마찬가지. 그녀는 사람이 만든 것이라고 믿겨지지 않는다며 최고의 찬사를 아끼지 않는다. 성당을 나서다 출구 쪽 벽에 다리모양, 손모양 등 신체의 일부분 모양의 작은 팬던트들이 이름표와 함께 수없이 꽂혀있는 것을 발견했다. 이것은 구체적으로 병자의 아픈 곳과 이름을 써서 기도하는 거란다. 아마도 멕시코의 샤머니즘이 천주교에 뒤섞인듯 했다. 우리나라 정서와 통하는 것도 같다.

대성당 옆에는 작은 성당이 하나 더 있고, 그 옆으로 템플로 마요르라는 아스텍 유적지가 있었지만 오늘은 휴관. 성당을 빙돌아 펼쳐진 노점상을 기웃거렸다. 노점상인들은 대부분 전통의상에 가운데 가리마를 한 머리스타일까지 남미 원주민의 행색이다. 비슷비슷한 기념품들을 놓고 파는데 가격이 만만찮다. 기념 삼아 촬영을 하려하자 쪼그려 앉아있던 행상 아주머니가 인상을 쓰신다. 행색은 시골스럽지만 도시행상이라 그런지 인심이 사나운 것 같다.

빈손으로 가자니 좀 아쉬운 터에 성당 앞 노상에서 젊은 남성이 한 여성의 머리에 울긋불긋 색실을 엮어 땋아내리는 익스텐션을 하고 있는 것을 발견했다. 관심을 보이자 한 번 해보라며 꼬드겨댄다. 안그래도 심심하던 차에 아줌마 맘이 갑자기 동한다. '생전 해보지 못했던 것인데, 한 번 해봐?' 길거

황금빛으로 칠해진 중앙우체국

리에서 머리를 맡기고 서있자니 금새 구경거리가 된다. 5분 후 내 머리에 컬러풀한 꼬리가 하나 달렸다. 히피가 된 듯 조금은 더 자유로워진 느낌이다. 소심한 일탈이다.

소깔로를 빠져나와 실내가 온통 황금빛으로 칠해진 중앙우체국에 들렀다. 여기서 남편들에게 멕시코시티 풍경이 담긴 엽서를 한통씩 부쳤다. 과연 우리보다 이 엽서가 먼저 도착하기나 할지 모르겠지만, 그들에게 고마움과 미안함 그리고 그리움을 함께 실어 보낸다.

산본스 아술레호스 레스토랑 _ 멕시코 제1의 부자이자 세계 제1의 갑부인 까를로스 슬림(Carlos Slim) 소유의 레스토랑 체인점 산본스 중에서 가장 유명한 레스토랑이다. 숍이 달린 레스토랑이라는 컨셉이 독특한데, 숍에서는 책, 잡지, CD, 선물 잡화 등을 판매할 뿐 아니라 그 안에 약국과 ATM까지 있다. 우리가 간 레스토랑(Sanborns Casa de los Azulejos - Sanborns House of the Tiles)은 17세기에 지어진 건물로 전체 외벽이 푸른색과 흰색 타일로 뒤덮여있다. 내부 인테리어도 무척 인상적인데 대형 벽화와 대형 거울, 로맨틱한 바로크 스타일의 발코니가 우아하다. 국내외 귀빈이 오면 꼭 들르는 레스토랑으로 꼽힌단다. 하지만 음식 가격은 그다지 비싸지 않고, 음식 맛도 훌륭하다.

월요일이라 대부분의 박물관이 문을 닫아 소깔로 주변만 둘러보았는데도 벌써 오후 5시가 넘었다. 신띠아를 만나기로 한 시간이다. 호르께는 신띠아와 통화를 하더니 한 레스토랑으로 향했다. 멕시코 최고 부자의 소유라는 천정이 높은 레스토랑 산본스 아술레호스(Sanborn' s Azulejos). 화려한 벽화, 멕시코 국기를 형상화한 커다란 볼이 이층까지 뚫린 높은 천장 한가운데 매달려 있고, 1층 홀은 넓직하게 탁 트여, 예전 이 건물을 지은 스페인 귀족들이 무도회 꽤나 했을 것 같은 멋진 곳이다. 그 많은 좌석이 거의 빈 곳이 없을 정도로 호황이다. 호르께 말에 의하면 이 레스토랑 주인인 부자양반은 통신회사, 호텔, 식당, 건물 등 엄청난 재산을 가지고 있는데 멕시코시티 주민이라면 누구나 그에게 하루라도 돈을 안 쓸 수 없을 정도라고 한다. 그의 손길이 안뻗친 곳이 없다는 얘기다. 알고보니 그가 세계 제1의 갑부 슬림 회장이란다.

요거트와 차를 마시며 우리는 흥미진진한 수다를 이어갔다. 까딸리나는 어느새 호르께와 농담을 주고 받을 만큼 가까워졌다. 그녀도 하루하루 멕시코에 빠지고 있음에 틀림없었다.

롤리와 까딸리나, 에너지의 균형을 맞추다

by Catalina

"롤리~ 롤리~" 급하게 불렀다.

"로로롤리, 너 멕시코에서 119 부를 줄 알아?"

깨끗한 이불 덮고 오랜만에 느긋하게 잔 날 아침. 알렉스는 대학원 가고, 알렉스주니어는 유치원 가고 신띠아는 구직 인터뷰하러 갔다. 집에는 롤리와 나뿐이었다. 그 동안 모른 척 해 두었던 문제가 슬쩍 고개를 들었다. 일단 화장실로 들어갔다. 별 기대는 하지 않았다.

똥이 나오려면 변의라는게 있어야 하는데 신경성 변비환자인 나는 환경이 바뀌거나 신경 쓰이는 일이 있으면 변의라는 것이 아예 없어져 버린다. 그래도 뱃속에 그런 것을 오래 담고 있으면 늘 신경이 똥으로 쏠려 될 수 있는 대로 달래서 바깥으로 내 보내려고 노력한다.

그러니까 뱃속에 담아둔 지 일주일째였다. 병아리 숨 같은 변의를 잡고 화장실에 앉아 있었다. '그럴 수 있다. 토론토에서 너무 고생해서 나오기 싫은 거지? 시차적응이 안돼서 나오기 싫은 거지? 환경이 너무 달라 부끄럽니?' 처음엔 어르고 달래며 앉아 있었다.

좋은 말도 한 두 번이다. 완력을 써 힘을 있는 힘껏 줬다. 이를 악물었다. 어깨가 부르르 떨렸다. 소용없었다. 다시 한 번. 온 몸의 피가 머리로 쏠리며 이마에 지렁이 같은 힘줄이 생기는 것이 느껴졌다. 눈물이 찔끔 고였다. 그래도 소용없었다. 수건을 입에 물고 손톱으로 벽을 긁었다. 너무 힘을 준 탓에 척추가 아파왔다. 이제 눈앞이 허옇다. 변기 안은 이미 피바다였다. 딱딱해진 똥이 연약한 살을 긁고 일주일 묵어 굵어진 똥이 살의 어딘가를 찢은 것이다.

순간 눈앞에는 멀리 타향, 멕시칸 의사 앞에서 엉덩이를 치켜든 채 수술을 받는 내 모습이 보였다. 이대로 힘을 계속 주다가 기절하거나, 엉덩이가 찢어져 피가 멈추지 않으면?

롤리를 급히 불렀다. 롤리 119 부를 줄 알아? 목이 메었다. 롤리는 놀라며 무슨 일이냐고 물었다. 나는 내 사정 얘기를 했고 롤리는 부를 줄 모르는데 어떻게 하냐고 동동거렸다.

힘주다 기절해도 문제지만, 화장실에서 하의가 벗겨진 채 기절했는데 알렉스나 호르께가 올 때까지 기다려야 하는 것도 문제였다. 더 이상 힘을 주지 않기로 결심했다. 못 싸면 못 쌌지 외국에서 엉덩이를 까거나 똥 때문에 기절하고 싶지 않았다. 롤리는 일단 화장실에서 나오라고 했지만, 다리에 힘이 풀려 일어 날 수 없었다. 다리 힘이 돌아오려면 적어도 20분은 걸릴 듯 했다. 그 부분이 원숭이 엉덩이처럼 부어 있는 걸 느낄 수 있었다.

여행 중 가장 위험한 순간을 넘기고 땀에 축축이 젖어 화장실 밖으로 나왔다. 롤리는 호르께 형이 의사니까 호르께에게 전화를 해 보자고 했다. 그렇다. 호르께 형은 의사였다. 성형외과 의사……. 아니면 약국에 가서 변비약을 사자고 했다. 일단, 호르께가 오면 모든 사실을 낱낱이 말하고 방법을 구해 보기로 했다. 그리고는 롤리가 화장실로 들어갔다. 롤리는 밥을 먹으면 한, 두 시간 안에 화장실에 갔다. 아침에도 가고 저녁에도 가고 밤에 자다가도 화장실에 갔다. 처음엔 에이, 설마 갈 때마다 뭔가가 나오겠어? 했는데 롤리는 갈 때마다 뭔가가 나온다고 했다. 믿을 수 없었다.

나는 막혀서 끙끙대는데 롤리는 뚫려서 귀찮아했다. 또, 나는 찢어져서 피가 나는데 롤리는 너무 자주 닦아 헐어서 피가 났다. 아~~~ 이럴 수가…….

순간 나는 이 세상의 이치를 깨달았다. 누군가 많이 싸면 누군가는 덜 싸야한다. 누군가 배가 부르면 누군가는 배를 곯아야 한다. 누군가 일등이면 누군가는 꼴등이어야 한다. 천국이 있으면 지옥이 있어야 한다. 세상은 일정한 에너지를 갖고 있고 그 에너지를 보존하는 쪽으로 움직인다. 하지만 많이 싸는 쪽도 못 싸는 쪽도 불만은 마찬가지였다.

우리를 데리러 온 호르께와 멕시코시티 소깔로가 환히 내려다보이는 전망 일등인 호텔 옥상에서 뷔페를 먹으며 똥 얘기를 했다. 막혀 있는데도 불구하고 음식은 맛있어서 자꾸 들어갔다. 호르께는 일단, 아무 약이나 먹을 수 없으니 형에게 전화를 해, 약 이름이라도 알아 두자고 했다. 호르께는 멕시코 사람이면서 멕시코 사람들을 잘 안 믿었다. 형 덕에 효과 좋은 약 이름을 알고 식사를 마저 끝냈다. 좋은 경치에 반해 먹은 점심 뷔페는 2만원 정도였다. 한국에서는 2만원짜리 저녁도 먹은 적 없었다. 후회스러웠다. 진작 알았으면 더 먹었을텐데……. 호르께는 부잣집 아들인데다 자기도 돈을 잘 벌어, 데리고 다니는 곳 마다 비싼 곳이었다. 물론 그래서 더

욱 안락한 여행이었지만, 적금 깨서 온 나는 조바심이 날 때가 있었다. 역시 멕시코의 누군가가 돈이 많으면 한국의 누군가는 돈이 없어야 했다.

약국에서 약을 사 처방대로 두 알, 먹었다. 보통 변비약의 효과는 먹고 자면 다음 날 아침에 나타난다. 배가 못 견디게 아프고 꾸룩꾸룩 소리를 낸 후 뱃속에 있던 것이 나오는 것이다. 그러나 이번 건 달랐다.

다음 날인 11일에도 나오지 않았다. 두 알 더 먹었다. 10일, 11일, 12일…… 약효가 나타나길 기다리면서 나는 롤리가 화장실에 갈 때마다 어금니를 물고 혼자 말했다. "또 가냐? 또 가?" 맹렬한 질투가 타오르는 순간들이었다.

결국 9일 만에 그것은 내게서 떨어져 멕시코 구경을 했다.

국립인류학박물관 Antropologia Museum

by Rolly

멕시코시티에는 정말 각양각색의 박물관이 많다. 그 중에서도 국립인류학박물관(Antropologia Museum)은 빼놓지 말고 봐야할 곳이다. 워낙 규모가 크기 때문에 제대로 보려면 하루 종일 봐도 다 볼 수가 없을 정도다. 아침 일찍 서둘러야했으나, 신띠아와 스케줄을 맞추기 위해 오후에 나서기로 했다. 신띠아는 알렉스와 마찬가지로 산 루이스 포토시라는 작은 도시에서 자라서 결혼하고, 몬떼레이에서 2년을 살았다. 멕시코시티에 온 지는 이제 석 달째. 때문에 그녀도 멕시코시티에서 안 가본 곳이 더 많았다. 떼오띠우아깐도 우리랑 간 게 처음이고, 국립인류학박물관도 이번이 처음이란다. 난 두 번짼데.

우리나라 일하는 엄마들과 마찬가지로 신띠아도 엄청 바빴다. 아침부터 아이를 씻기고 먹이고, 유치원에 보내고, 취직을 위해 면접을 보러 갔다가 영어학원까지 다녀와야 한다. 같은 일하는 엄마로서 그녀가 안쓰럽다. 사실 그녀는 혼자 나다니고 있는 나를 무척이나 부러워했다. 내가 그녀에게 또 하나의 짐이 되고 있는 건 아닌가 살짝 미안한 맘이다.

우리는 핑계 김에 오전 시간에 푹 쉬었다. 여행을 시작한 이후로 지금까지 너무 강행군으로 달려와서 심신이 지친 상태였다. 잠시 낮잠도 자고, 집 앞 정원에서 해바라기도 하면서 느긋한 오전시간을 보냈다. 그 사이 까딸리나는 경비 아저씨 딸들에게 스페인어를 배우고 있다. 그녀는 아이들을 별로 안 좋아하는데 어찌된 일인지 아이들에 둘러싸이는 광경을 종종 목격하게 된다. 아무래도 아이 같은 그녀를 아이들이 알아보는 것이 틀림없다.

독립기념일 음식 칠레 엔 노가다

빕스에 들러 점심을 먹기로 했다. 까딸리나는 멕시코 전통음식이 낫다며 패밀리 레스토랑 가는 것을 마땅찮아 했는데, 그것은 기우였다. 멕시코의 빕스에서는 멕시코 요리를 팔았다. 물론 아이들이 좋아하는 미국식 햄버거도 있었지만, 멕시코 빕스에선 대부분의 요리가 멕시코화 돼있었다. 난 호르께의 추천으로 칠레 엔 노가다(Chile en Nogada)라는 멕시코 독립기념특식을 먹었다. 이름이 좀 우습다. 노가다! 호두 소스라는 뜻이란다.

멕시코 국기 색상의 상징으로 초록, 흰색, 빨강색으로 꾸며진 칠레 엔 노가다는 독립기념일이 있는 9월이면 한달 내내 어느 식당에서나 먹을 수 있다고 한다. 다진 고기와 각종 견과류, 말린 과일 등을 커다란 고추(초록) 속에 버무려 넣고 호두 소스(흰색)를 뿌린 후 석류(빨강)로 장식했다. 달콤하고 담백한 맛인데 내 입에는 좀 달달하지만 특별한 기념요리라니 한번은 먹어볼만 한 것 같다.

보통 외국에 나가면 음식이 입에 안맞아 고생하기 마련이지만, 멕시코는 예외다. 멕시코 음식은 내가 멕시코를 좋아하는 이유 중에 이순위로 꼽을 만큼 맛이 있다(일순위는 인정 많은 멕시코 사람). 우리나라 사람 입맛에 특히 더 맞는 거 같다.

무엇이든 싸먹을 수 있는 또르띠야와 무엇에든 뿌려 먹는 칠리 소스, 김치처럼 늘 요리와 함께 나오는 고추 피클은 모든 요리의 기본이다. 그리고 레몬. 방울토마토처럼 작은 레몬을 반으로 갈라 소금을 뿌려 이에 문지르듯이 먹는다. 시고 짜서 어찌 먹나 했는데 먹어보니 시큼하고 상큼한 것이 오히려 입맛을 돋운다. 여기에 담백한 콩 요리, 각종 야채와 고기 등과 함께 어우러져 여러가지 요리로 화려하게 재탄생하는데 대부분 매콤새콤한 맛의 요리들이 많다. 우리나라 음식과 달리 매콤달콤한 것은 별로 없다. 알렉스가 우리나라 음식이 맛있긴 한데 달다고 했던 이유를 알겠다. 그러고 보면 고추장을 비롯해, 불고기, 김치 등 우리 음식이 달콤한 편이다. 까딸리나는 콩을 볶아 으깬 요리인 후리홀레스에 홀딱 빠져 가는 곳마다 후리홀레스를 찾았다.

박물관은 너무 커

배를 든든히 채우고, 그 유명한 국립인류학박물관으로 갔다. 세계 3대 인류학 박물관 중 하나라는 멕시코 국립인류학박물관은 멕시코시티 도심 내 차뿔떼빽 공원 안에 있다. 차뿔떼빽 공원은 우리나라로 치자면 서울대공원 같은 동물원이다. 박물관은 ㄷ자 모양의 2층 건물로 육중하게 지어져있는데, 가운데 거대한 지붕을 인 기둥 모양의 분수가 서 있다. 생명의 나무를 상징한다고 한다. 비가 내리듯 지붕에서 시원하게 쏟아지는 분수가 인상적이다.

박물관은 전시내용도 방대하고 다양해서 볼거리가 많았다. 1층에는 톨텍, 마야, 아스텍 문명 등등 문명별로 나누어 전시해 놓았고, 2층에는 멕시코 인디오들의 역사를 한 눈에 볼 수 있게 꾸며져 있다. 인디오관에서는 화려하고 정교한 민예품들이 볼거리이다. 전시관을 둘러보며 경제적으로는 아직 낙후된 멕시코이지만 문화적 수준은 상당하다는 생각을 했다. 전시된 유물 뿐 아니라 전시하는 방법, 그리고 모형의 정교함 등이 부끄럽지만 우리나라와는 천지차이로 수준이 높다.

전시실을 둘러보는 도중 시골에서 단체 관람을 온 듯한 약간은 촌스러운 여학생 무리를 만났다. 아이들은 까딸리나와 나를 발견하고는 놀라 탄성을 질렀다. 아이들은 아시아 사람을 처음 본다며 우리에게 어디서 왔냐, 이름은 뭐냐, 질문공세를 폈다. 그러더니 우리 글로 사인을 해달라며 노트를 들이댔다. 그 다음은 기념촬영까지. 갑자기 한류스타라도 된 듯 묘한 기

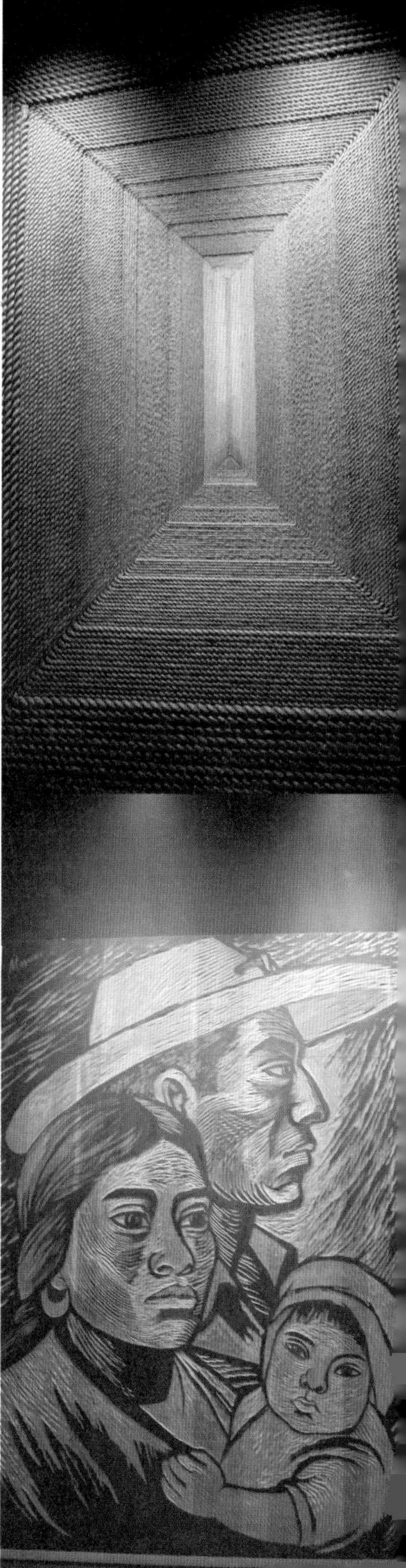

아스텍력, 태양의 돌 멕시코라는 나라 이름은 메시까(Mexica)라는 고대문명에서 유래했다. 우리에겐 아스텍이라는 이름으로 더 많이 알려져 있는데, 아스텍은 메시까인들이 원래 살았다고 전해지는 전설의 땅 아스뜰란에서 유래한 이름이란다. 아스텍문명의 사람들은 신들, 특히 태양신이 우주를 운행시키고, 세계를 지속시킨다고 믿었다. 이것은 그들이 이용했다는 아스텍 달력을 보면 잘 나타나 있다. 가운데 혀를 빼문 형상이 현재 태양의 신, 그리고 그것을 에워싼 원 주변의 4개의 사각형이 지난 태양의 시대를 상징한다고 한다. 때문에 현재의 태양의 시대가 끝나는 것이 두려워 인신공양을 했다고 전해진다. 멕시코 국립인류학박물관의 아즈텍관에 전시되어 있는, 무게 약 25t, 지름 약 3.7m에 달하는 이 달력은 현무암에 조각한 것이다. 태양의 돌이라고도 불리는 이 달력은 마얀 달력의 날짜체계를 그대로 가져온 것으로 현재 우리가 사용하는 달력과 매우 비슷할 정도로 정확하다고 한다. 마얀 달력과 마찬가지로 260일의 종교력과 360일의 태양력으로 이루어져 있다. 계절이 시작할 때마다 하루씩 더하게 돼 있어 실제로는 1년 364일의 달력체계이다. 달력 안에는 모든 계절이 포함돼있는데 농사의 단계에 따라 나뉘어져 있다. 사람들은 이 달력을 보고 언제 씨를 뿌리고 거두어야할지, 언제 종교적 의식을 진행해야하는지를 가늠했다는 것이다. 이 태양석은 1790년에 발견되었다.

분에 우리는 선뜻 포즈를 취해줬다. 아이들은 우리가 가는 곳마다 졸졸 기웃기웃. 우리가 꽤나 신기한 모양이다.

인디오관을 반쯤 돌았을까 알렉스 주니어 녀석의 땡깡이 시작되었다. 어쩐 일로 좀 얌전하다 싶었더라니. 요녀석이 요즘 손님들이 와서 엄마 아빠의 관심을 좀 덜 받아서 그런지 아무래도 어리광이 심한 거 같았다. 우리는 녀석의 상태가 더 심각해지기 전에 인류학 박물관에서 가장 압권인 멕시코의 영광관으로 직행했다. 이곳은 아스텍 문명 유물들을 전시해 놓은 곳이다. 입구에 들어서니 정중앙에 멕시코 기념품에 가장 많이 등장하는 멕시코의 태양의 돌(아스텍력)이 떡하니 걸려있다. 아스텍인들이 만들었다는 이 태양석 안의 무수한 기호들은 일년을 거의 정확하게 나타낸다고 한다. 이걸 보고 농사를 지을 수 있었다고 하는데, 달력이라고 하기엔 참

복잡해보인다. 어쨌거나 이 태양석의 발견으로 인해 인류학박물관을 만든 계기가 되었다니 무대의 주인공이 될 만하다.

멕시코 혁명 이후 인디오 문화와 고대 문명에 대한 연구 끝에 이루었다는 멕시코 인류학박물관은 그들의 목표대로 멕시코인들에게 역사적 자긍심을 느끼게 해주기에 충분한 것 같았다. 이러한 유물과 박물관을 가진 그들이 너무 부럽다. 늘 그렇듯 장님 코끼리 다리만 만지다 오는 느낌으로 아쉬운 발걸음을 옮겨야했지만 말이다.

* 학생증 있으면 공짜. 일요일에 공짜다. 신띠아는 공짜로 우리는 돈 내고 봤다.

#호르께, 언제나, 호 호 호 르께

by Catalina

롤리와 난 알렉스 집에서 묵었으나 알렉스는 대학원 공부로, 신띠아는 취직 문제로 바빠서 멕시코시티를 다닐 때는 언제나 호르께와 함께였다. 호르께는 얼마 전까지 뉴욕에서 일하다가 멕시코로 돌아와 자신만의 회사를 차리려고 준비 중이어서 시간이 많았다. 우리에게는 정말 다행스러운 일이었다. 또 한 가지 다행스러운 일은 호르께가 엄청난 유머의 소유자라는 점이었다. 매사에 여유 있고, 자신감 넘치고. 그가 구사하는 유머의 대부분은 "I' m too sexy" 식의 왕자 병 유머였는데 그닥 섹시하지 않은 그가 그런 농담을 할 때면 기분이 저절로 유쾌해졌다. 그는 롤리를 부를 때도 "rorrrrrrlly~" 내 이름을 부를 때도 "oh~ crazy cataliiiiiiiiiina" 라며, ㄹ을 발음이 나오기가 무섭게 혀를 사정없이 굴려 댔다. 길을 가다 쇼윈도에 비친 자기 모습을 보고 발걸음을 떼지 못하고 사랑에 빠지는 남자였다.

호르께에게는 우리 말고도 여러 나라에 친구들이 많은 모양이었다. 친구들이 멕시코에 오면 언제나 자기가 가이드를 한다면서 좋은 관광지는 다 알고 있었다. 유명 레스토랑, 재래시장, 전망 좋은 곳, 사람들이 보고 싶어 하는 곳을 콕콕 집어 우리를 데리고 다녔다. 멕시코시티는 치안이 그다지 좋은 편이 아니어서 호르께는 롤리의 비싼 카메라를 언제나 신경 쓰며 "롤리, 카메라 가방에 넣어." "돈을 꺼낼 때 지갑에 있는 돈이 다 보이도록 벌리면 안돼.” “차 조심해, 카메라 넣어”를 입에 달고 다녔다. 우리는 연하남의 자상한 보호를 받으며 호호거렸다.

한 번은 재래시장에 같이 갔는데, 온갖 물건에 정신이 팔려 여기저기 기웃기웃대다가 문득 아! 호르께랑 같이 왔지? 너무 신경 안 썼다 싶어, “호르께 우리랑 같이 다니기 지루하지? 넌 여기 많이 와 봤을 거 아니야. 미안해.” 도자기 하나를 만지작대며 말했더니 “아니야, 아니야. 처음이야. 너랑은 처음이잖아” 했다.

호호 호르께

롤리와 나는 다시 한 번 캬아아아아아아 웃었다. 이어 연타로 “delicious~ my girls~ show me your 어쩌구저쩌구~” 우리는 또 캬아아아아아아. 음담패설을 밝고 명랑하게 하는 사람도 있었다.

택시요금 바가지 사건

시내관광을 다닐 때면 호르께가 택시를 타고 알렉스 집으로 와 우리를 데리고 나가곤 했는데 아침 일찍부터 오라고 하는 것이 미안해 우리가 택시를 타고 호르께 집으로 가기로 한 날이 있었다. 말은 안 통하지만 차로 가면 10분 정도 거리라는 걸 알고 있어, 별 걱정은 하지 않았다. 둘이 택시를 타는 것도 재밌을 것 같았다. 신띠아는 걱정을 많이 하며 주소 적은 쪽지도 주고, 택시기사에게 길을 자세히 설명도 해주었다. 택시기사는 길을 알겠다며 우리를 태웠다.

50대 가량으로 보이는 택시기사는 기름이 번들한 얼굴에 깎지 않은 수염을 하고 있었다. 그는 우리에게 주소가 적힌 쪽지를 달라고 했다. 그리곤 한참을 보더니 고개를 갸우뚱거리기 시작했다. 처음엔 신띠아가 말한대로 우회전, 좌회전을 하는 것 같더니 주소에 적힌 곳 근처까지는 왔는데 그 다음부터 길을 찾을 수 없다며 동네를 누비고 다녔다. 10분이면 닿을 거리에 있던 호르께 집이었으나 이미 택시를 탄지 20분이 넘어 있었다. 어디가 어딘지 당연히 모르는 우리에게 스페인어로 뭐라고 뭐라고 해대다가 차를 멈추고 지나가는 사람들에게 길을 묻는 시늉을 했다. 그리고 택시에 다시 타서는 "muy dificil, muy dificil(무이 디피씰 ; 너무 어려워, 너무 어려워)"를 반복했다. 택시 탄지 30분이 넘고 있었다. 우리는 점점 불안하고 불쾌해졌다. 분명 택시기사는 한 동네를 돌고 있었다. 관광객인 우리를 속이려 하고 있었다. 조급해진 나는 택시에서 내리자고 했다. 롤리는 어딘지도 모르면서 내릴 수는 없다고 했다.

나는 다시, 언제까지 끌려 다닐지도 모른다, 내리자, 했다. 그때 공중전화가 보였다. 차를 세우라고 말하고 롤리가 호르께에게 전화를 해 택시기사를 바꿔 주었다. 한참을 통화하던 그는 다시 "너무 어려워"를 반복하더니 이제 길을 알겠다고 했다. 택시의 미터는 우리 돈으로 15000원 가량이 찍혀 있었다.

"아까 출발할 때는 길 안다고 해 놓고, 이제 와서 모른다니 말이 돼? 왜 같은 곳을 뱅뱅 도는 거야, 우릴 무시하는 거야? 이 아저씨가 정말~" 나는 마구 한국말을 해 댔다. 이럴 줄 알았으면 서바이벌 스페인어를 배워 오는 건데 분했다.

씩씩거리고 있는데 큰 길에 나와 있는 호르께가 보였다. 분하고 반가운 마음에 말이 막혔다. 호르께는 요금을 냈냐고 물었다. 물론 우리는 요금을 내지 않았다. 우리는 아줌마들이었다. 그는 잘했다며 집에 들어가 있으라고 말했다. 호르께의 동생 마리아가 따라 나왔다가 요금을 보더니 경악하며 소리쳤다.

"뭐야, 이건. 5배 이상 나왔잖아. 이건, 다른 도시까지 갈 수 있는 요금이라고. 아저씨~" 흥분한 그녀가 소리쳤다. 호르께는 다시 동생을 말리며 우리와 함께 집에 들어가 있으라고 조용히 말했다. 그는 전혀 흥분하거나 큰 소리 내거나 놀라지 않았다. 매우 차분했다. 집에 들어가 있으니 그가 돌아왔다. 어찌 됐나 물으니 미터요금의 1/3을 주고 보냈다고 했다. 그것도 많이 준 거라면서. 그리고 택시기사가 집을 알고 나중에 찾아 올까봐 큰 길에 나와 있었던 거라고 했다. 세상엔 미친 사람들이 많다며…….

왕자 병 유머만 늘어놓던 모습과는 다른 면이었다. 매우 듬직하고 멋져 보였다. 스물여섯 살에 저런 치밀함과 냉철함이? 오~~호호호호호호호호르께~~~~~

택시기사 덕분에 muy dificil이라는 스페인어를 배웠다. 그리고 호르께 덕분에 혀 굴리기가 일상이 되어 버렸다. 호호호호호호호호르께~~~ 할수록 재밌었다.

호르께 얘기에 묻어 그의 가족 얘기도 잠깐 해야겠다. 눈이 엄청 나게 예쁜 여동생 마리아는, 어머니와 함께 속옷 사업을 하고 있었다. 처음 만난 날, 집 한 켠에 있는 사무실로 가자고 했다. 그곳엔 그녀가 디자인한 속옷들이 있었는데 대부분 야했다. 주로 끈이나 망사, 레이스 종류였다. 보기만 해도 홧홧한데 맘에 드는 게 있으면 골라 가지라고 말했다. 머뭇머뭇하다 롤리가 고르길래 나도 하나 집어 들었다. 초면에 참, 미안했지만 준다니 갖고 싶어졌다. 찐 분홍 슬립에, 찐 분홍 끈 팬티. 흐흐. 암튼, 그녀도 호르께 못지않게 각국에 친구들이 있었고 그들을 데려다가 집에서 재우기도 자주하는 것 같았다.

호르께 집은 세계에서 온 손님들로 바빴다. 호르께 어머니나 아버지는 그런 친구들을 반갑게 맞아 주셨다. 친구들이 오면 어머니는 얼른얼른 서둘러 먹을 것을 내오셨고, 밥 먹었는지 꼭 물으셨고, 자식들과 친구들이 나누는 대화에 관심을 가지고 들으셨다. 그런 어머니에게서 나는 잊지 못할 말을 듣게 된다.

"Mi casa, Tu casa(내 집은 너의 집이야)."

어머니의 그 말은 입을 빌리지 않고 어머니 가슴에서 바로 내 가슴으로 날아온 말 같이 들렸다. 한 치의 거짓이 없는 진심이었다. 감동 받았다. 나는 한 번도 누군가에게 그런 말을 해 본적 없었다. 물론 놀러 오라든지, 자주 오라는 식의 말은 해봤지만 집을 통째로 주면서 마음까지 통째로 주는 그런 말은 해 본적이 없었다.

세상엔 내가 상상도 못 할 일들을 하는 사람들이 많이 있었다. 멕시코에서 새 이름을 얻은 나는 살아가는 방법도 새로 배우고 있었다.

호르께네 가족들

#닭볶음탕과 코로나 파티

by Catalina

공부 때문에 늘 바쁜 알렉스와 점심을 먹기로 했다. 우리가 와 있는데도 수업 때문에 시간을 잘 낼 수 없었던 알렉스는 아쉬운 대로 점심시간에 집이나, 학교에서 밥을 함께 먹자고 제안했다. 알렉스 수업이 끝날 때까지 오전 시간이 여유로웠다.

점심 약속이 있던 날은 오랜만에 해가 나서 롤리와 나는 담요 한 장과 커피, 책을 들고 기숙아파트 마당으로 나갔다. 해바라기를 하기 위해서 였다. 마당에는 토끼 두 마리가 놀고 있었다. 조금 뒤 롤리는 그래도 춥다며 들어갔고 혼자 남은 내게 손님이 찾아왔다. 아파트 관리인의 딸들이 내게 호기심을 보였다. 토끼는 자기들의 아빠가 키우는 거라 했다. 제시카와 룰루에게 초초급 스페인어를 배웠다. 몇 살이냐? 이름이 뭐냐? 남자 친구가 있냐? 그런 것.

한가한 오전 틈으로 이렇게 살았으면 좋겠다는 간절한 마음이 흘러 들어왔다. 잠깐의 햇볕으로 만족하는 삶. 음습한 것은 햇볕이 다 말려버려 구석진 곳 없는 마음을 가진 삶이 살고 싶었다. 집으로 돌아갈 때 이 마음과 이 햇볕을 가지고 가고 싶었다.

신띠아가 볼 일을 마치고 우리를 태우러 왔다. 예정보다 조금 늦은 시간이었다. 알렉스 학교로 가서 그를 기다리는데 좀처럼 나오지 않았다. 결국 신띠아가 학교로 들어갔다 나왔다. 알렉스는 학교 안에서 기다리고 있었던 것이다. 점심시간이 몇 분밖에 안 남게 되었다.

둘은 어디 가서 점심을 먹을까 의논을 하는 듯 하더니 싸우기 시작했다. 차 뒷좌석에 우리가 앉아 있어도 상관없이 싸웠다. 용감해 보였다.

"왜 늦게 왔나? 왜 학교 안에서 기다리나? 주니어 데리러 갔다 왔다. 늦게 와서 학교식당에 자리가 없잖냐? 뭘 먹냐? 이 짧은 시간에. 돈은 준비했냐? 은행에 이제 가야한다. 왜 진작 돈을 준비하지 않았냐? 시간이 어디 있었냐? 집에서 피자 시켜 먹자. 번호를 모른다. 은행부터 가야한다."

뭐, 대충 이런 얘기인 듯 했다. 빠른 말들이 오가고 잠시 침묵. 신띠아가 울었다. 알렉스는 모른 척했다. 우리도 뒷자리에 앉아서 창밖을 보거나 무릎을 긁으며 차 안에 없는 듯 굴었다. 아…… 난처했다. 우리가 머무는 동안 신띠아가 너무 힘들었나? 그래 그랬을 거야. 손님이라는 게 다 힘들지. 아무리 신경 안 써도…… 어쩌나…… 안절부절 하는데 울던 신띠아가 그치고 다시 알렉스와 조근조근 얘기를 했다. 다행히 크게 번지지는 않았다. 그래도 시간이 없다며 알렉스는 점심을 못 먹고 다시 학교로 들어갔다. 알렉스가 내리고 나자 여자 셋이서 알렉스 흉보기가 시작됐다.

"어머, 못 됐다. 우는데 아는 척도 안하냐? 알고 보니 마쵸다. 신띠아 넌 너무 일을 많이 하고 있어. 알렉스에게도 집안일을 시켜야 해. 주니어에게도 시키고. 넌 남자들 사이에 혼자잖아. 지금부터 교육 시켜. 승질이 저렇게 급해서야. 원…… 안 되겠다. 오늘 밤에는 파티를 해야겠다. 신띠아 기분도 꿀꿀하니까 오늘 밤은 파티다!"

신띠아가 웃었다. 파티! 하며. 사실 둘은 고등학교 때부터 사귀다 결혼한 사이라 서로 쓸데없는 오해나 고집은 피우지 않는 것 같았다. 친구였다가 결혼하게 될 때 좋은 점은, 어떠한 경우라도 서로를 친구로서 이해해 줄 수 있는 자리가 남아 있다는 것이다. 나와 내 남편, 롤리와 그녀의 남편처럼.

자, 파티 준비를 해야 했다. 우리에겐 파티를 위해서 한국에서 공수해 온 된장, 고추장이 있었다. 알렉스와 호르께는 이미 한 번 먹어 본 적이 있는 롤리표 닭볶음탕을 간절히 원했다. 여자 셋이서 마트에 갔다. 월마트는 서울의 그것과 별 다를 것은 없었다. 그래도 이것 저것을 비교해 가며 주부답게 장을 봤다. 자른 닭, 당근, 감자, 매운 고추, 마늘, 양파를 사고 너무 매워 할 것을 대비해 닭볶음탕 만들고 남은 재료로 된장국을 끓이기로 했다. 계산대에 가니 한 줄서기가 되어 있었다. 그 점은 편하게 느껴졌다. 장보기는 언제나 신났다. 집에 와서 신띠아에게 큰 냄비를 빌려 롤리가 요리를 하기 시작했다.

롤리는 매운 음식을 아주 좋아하는데 좋아하는 만큼 만들기도 잘했다. 롤리 집에 가서 술을 마실 때 나오는 안주에 친구들은 언제나 와아~ 맛있다를 연발한다.

당근, 감자를 먹기 좋게 자르고 마늘은 다지고, 양파도 잘라 큰 냄비에 넣고 고추장을 팍팍 넣어 조물조물 무치고 간장으로 간을 하는 롤리를 기대에

차 바라봤다. 신띠아는 요리법을 알고 싶어 했다. 나는 탕에 넣고 남은 야채를 잘게 잘라 된장을 대충 훼훼 풀고 멕시칸 입맛에 맞으라고 설탕을 조금 넣어 된장국을 끓였다. 닭볶음탕은 쪼글쪼글 익어 가고 된장국은 부글부글 끓어갔다. 아! 마트에서 사 온 쌀로 만든 밥도 쪼작쪼작 뜸 들어 갔다.

8시 30분경에 알렉스가 왔다. 호르께도 왔다. 신띠아도, 롤리도, 나도, 알렉스 주니어도 식탁에 앉았다. 맛있는 냄새는 이미 우리를 반쯤 흥분상태로 만들었다. 롤리가 나누어 주는 밥과 닭볶음탕을 탐욕에 차 쳐다보았다. 한 입 먹고 다들 난리였다.

알렉스네 집. TV위의 그림은 신띠아가 그린 작품

"롤리 한국에 가지마. 내 곁에서 요리해줘." 호르께가 애원했다. 맵다고 혀를 내두르면서도 그들은 수저질을 멈추지 않았다. 알렉스와 호르께 모두 밥을 한 공기씩 더 먹었다. 더 먹을 수록 더 빨개지는 얼굴에 부채질을 해가며. 매운 혀를 된장국으로 식혀가며.

댄스 댄스 댄스

저녁을 먹고 본격적으로 맥주를 마시기 시작했다. 호르께와 알렉스가 멕시코에서 시판되는 다양한 종류의 맥주를 한 병씩 사왔다. 롤리와 나는 이렇게 섞어 마셔도 되나 싶게 이 맥주, 저 맥주를 음미하며 구분하며 마셨다. 한 상자를 다 마셨을 때는 너나 할 것 없이 다 취해있었다.

신띠아가 춤추자고 소리쳤다. 까짓 것 못 할 것도 없었다. 살사 리듬에 맞춰 네 사람이 춤을 추기 시작했다. 알렉스는 춤을 꽤 잘 췄다. 안 움직이는 듯, 움직이면서 가끔 정지 동작까지 넣어 가며 그만의 간질간질 댄스를 추었다. 반면 호르께는 춤추는데 그리 열심은 아니었지만 내게 춤을 가르쳐 준다며 파트너가 되어 주었다. 신띠아는 그야말로 멕시칸답게 춤을 췄는데 커다란 가슴과 엉덩이를 사시나무 떨듯 하며 좌중의 정신을 흔들어 놓았다.

멕시칸식 추임새인 '히~~~호~~~' 하는 소리를 자주 질러 분위기를 띄우는 것도 잊지 않았다. 이 추임새는 누구나 한 번 해보면 속이 뻥 뚫려 말 타고 사막을 달려야 할 것만 같은 압박을 준다. 히~~~호~~~~끼리야~~~드그닥드그닥~.

아, 그리고 우리의 롤리. 그녀는 한국에서부터 살사클럽에 가고 싶다고 노래를 했다. 춤을 추고 싶어 하던 롤리는 마냥 신이 났는데, 마음처럼 몸이 따라 가지 않는 듯 보였다. 마음은 이미 살사의 정열 한가운데였지만 그녀의 팔, 다리는 몸통에서 멀리 가지 못하고 있었다. 작은 그녀의 춤은 조금은 꼬물대는 듯 보였다. 꼬물꼬물 살사를 추는 롤리가 너무 귀여웠다. 한바탕 춤을 추고 신띠아가 맥주가 더 필요하다며 술을 사러 나가야 한다고 소리쳤다(그날 밤, 신띠아는 제일 신나게 춤추고 마셨는데 나중에 알고 보니 그녀 집안의 내력이었다). 그러나 밤은 이미 늦었고, 다들 취해서 술 파는 곳까지 운전을 할 사람이 없었다. 신띠아는 막무가내였다. 운전은 자기한테 맡기라며 같이 갈 사람만 있으면 된다는 것이다. 하지만 누가 술 취한 사람 차에 타고 싶겠는가.

"난 한국에 가족이 있다, 난 피곤하다, 사실은 나는 매우 중요한 사람이다, 죽을 수 없다, 이성을 찾아라, 난 지금 자고 있다." 등등의 핑계를 대도 소용없었다. 결국 대범한 성격의 소유자 롤리가 같이 가기로 하고 우리는 진지하게 작별인사를 했다. 어깨동무를 하고 나간 그녀들은 금세 다시 왔는데 돈이 없다는 것이었다. 모두들 쌈짓돈을 꺼내 쥐어줬다. 쌈짓돈으로 새로 사온 술을 또 금방 마셔버리고 알렉스 집을 뒤지기 시작했다. 어딘가에 술이 남아 있지 않을까 싶어.

우리가 선물해준 백세주와 비상용 데낄라가 있었다. 알렉스가 아끼는 백세주를 홀짝 다 마셔버렸다. 물론 데낄라도 다 마셔버렸다. 비록 독해서 찔끔거리면서 마시긴 했어도 다 마셨다.

집 안에 술이 바닥나고 더 이상 사러 갈 수도 없다는 것을 알고 우리는 자기로 했다. 부부는 부부 방으로 들어가고, 나는 알렉스주니어 침대에서 자고, 롤리는 침대 겸용 이단 소파에서 잤는데 서랍을 열면 또 하나의 베드가 나오는 최첨단 가구였다. 밑에 서랍을 열어 호르께가 누웠다. 롤리와 머리 방향을 반대로 하고 자던 호르께는 뭔가가 얼굴에 얹어지는 느낌을 받고 깨보니 롤리의 발이 얼굴을 짓누르고 있었다고 나중에 술회했다.

그날 밤, 꽤 취한 나는 신띠아를 붙잡고 엉뚱하고, 심각하고, 지나가 버리고, 안타깝고, 거짓말인 것 같고, 한 번도 남에게 해 본적 없는 말들을 잔뜩 했다. 영어가 짧은 신띠아와 서바이벌 영어만을 구사하는 나 사이의 술 취한 대화를 친구들은 궁금해 하고 재밌어 했다. 신띠아는 앞뒤 사정을 모르면서도 잘 들어 주었고 최선의 충고도 해주었다.

"10년 뒤 네 모습을 생각 해."

10년 뒤, 내 모습…… 나는 그 때 10년, 20년이 눈 깜짝할 사이에 가버려 모든 기억이 희미해지길, 모든 상처가 아물기만을 바랬다.

그 날의 말들은 신띠아와 나 사이에 비밀이 되어 술 속에 녹았다.

#멕시코 뢰개장터 - 마켓

by Catalina

전날 닭볶음탕 파티의 여파로 오후 한시까지 이불 속에서 못 나오고 말았다. 이미 두 시간 전에 서너 차례 토를 하고 녹초가 되어 까무룩히 침대로 빠져 들고 있는 내게 롤리가 오늘은 그냥 집에서 쉴거냐 물었다. 고민됐다. 한국에서 같으면 이런 몸 상태로는 어디도 못가고 하루 종일 누워 지내야 할 판이지만 여기는 멕시코였다. 언제 다시 올 수 있을지 알 수 없는데 술병으로 하루를 공칠 수는 없었다. 끝끝내 술을 먹던 정신력(?)으로 다시 일어나 신띠아가 끓여 놓고 간 야채스프를 먹었다. 소고기와 야채를 잘게 썰어 푹 끓인 스프는 우리의 소고기무국과 비슷한 맛을 냈다. 모래로 한 겹 씌워 놓은 듯한 혀로 먹어도 꽤 맛있는 것이었으나 어차피 조금 있으면 다 토해 낼

게 분명했다. 그래도 정신을 차리려고 먹었다. 간신히 먹고 어지럼증에 벽을 잡고 씻고, 화장을 하고 있으니 호르께가 데리러 왔다(그는 새벽에 집에 가서 씻고 오겠다며 나갔었다). 내 상태를 살피며 오늘은 멀리 가지 말고 시내에 있는 큰 마켓에 가자고 했다. 나도 멀리는 못 갈 듯싶어 동의했고 우리는 택시를 타고 시내로 갔다.

며칠 보아 온 멕시코 사람들의 특징 중 하나는 모르는 사람끼리 말을 아주 잘한다는 것이었다. 택시를 타면 택시운전사와 손님이 삼촌과 조카나 되는 것처럼 자연스럽게 말을 섞었다. 음식점에 가면 주인과 손님이 역시 그랬다. 상점에서도 마찬가지였다. 그들은 날씨에서부터 정치, 경제에 이르기까지 다정하게 의논했고 헤어질 때는 서로 그라시아스(gracias!)를 두 번씩 했다. 바로 어제, 알렉스와 신띠아가 싸우고 나서 호르께를 만났을 때도 신띠아는 친정오라비라도 만난 듯 싸운 일에 대해 호르께에게 시시콜콜 얘기했었다. 몰라도 될 것 같은 일들을, 모르는 척 지나쳐도 되는 사람들에게도 다정하게 얘기하는 그들은 천성이 따뜻한 사람들인 듯 했다. 우리의 호르께

2168
399
72
4

역시 마찬가지여서 택시아저씨와 뭔 얘기를 다정하게 하는 동안 나는 구토를 참으며 목적지에서 내렸다.

마켓은 화개장터였다. 있을 건 다 있고 없을 건 없는. 술이 덜 깬 내 눈에 마켓의 색은 환상적인 것이었다. 세상에 있는 모든 색들이 다투어 마켓에 나와 앉아 인형이 되고, 그릇이 되고, 해가 되고, 달이 되고, 개구리, 모자, 치마, 타일, 식탁보가 되어 있었다. 눈물 젖은 눈에 아롱대던 시장은 백화가 난분분하게 피어 있는 꽃밭이었다. 꽃밭 어느 귀퉁이에 앉아 선인장이나 데낄라, 사막이 그려진 타일을 샀다. 집 어디에 놓으면 멕시코를 기억하리라 생각하면서. 멕시코 하면 떠오르는 커다란, 산쵸가 썼을 것 같은 모자를 써 보다가 주인아줌마의 핀잔을 사기도 했다. 안 살 거면 쓰지 말라

멕시코에서 건너와 지금은 우리집 곳곳에 자리잡은 마켓물건들

는. 하루에 수 백명의 사람이 사지는 않고 써보기만 하고, 사진까지 찍고 가면 신경질이 날만도 했다.

뒤틀리는 위를 큰 숨으로 잠재우며 구경을 다니기에도 한계가 있었다. 호르께에게 근처 식당으로 어서 가자고 재촉했다. 롤리와 호르께를 식당 야외자리에 앉혀 놓고 화장실로 뛰어 들어갔다. 소고기 야채 스프가 고스란히 나왔다. 그럴 줄 알았다. 그래도 속은 편했다. 두 사람에게 돌아가 보니 롤리는 구아바 음료를, 호르께는 배가 고프다며 음식을 주문하고 있었다. 조금 흐린 하늘에 바람이 불어 와 토하느라 난 진땀을 식혀 주었다. 롤리는 까딸리나 술 많이 약해졌다며 놀렸다(20살땐 롤리보다 훨씬 잘 마셨는데……). 음식이 나오고 구아바 물을 쪽쪽 빨고 있는데 어디서 나타났는지 한 무리의 아이들이 롤리와 나를 둘러쌌다. 학교에 갔다 오는 길인지 가방을 등에 맨 다섯 아이들은 동양인이 신기한 모양이었다. 낯선 아이들의 호기심어린 눈빛이 싫지 않아 웃으며 반겼다. 호르께가 스페인어 연습하라며 아이들과 말을 나누어 볼 것을 권했다. 몇 개의 아는 단어를 총 동원해 이름과, 나이를 알아냈고, 그 중 가장 똘망똘망한 여자 아이가 우리가 앉아 있는 식당주인의 딸이라는 것도 알아냈다. 슬슬 컨디션이 돌아오기 시작한 나는 아이들과 노는 것에 재미가 붙어 노래를 해 봐라, 춤을 춰봐라 시켰다. 아이들은 무슨 노래를 부를까, 누가 부를까 의논하더니 동요를 불러 제꼈다. 주인아저씨가 신통한 듯 쳐다보고 있었다. 내친 김에 한 명씩 시켜 보았더니 가장 수줍어하는 애조차도 들릴락말락하게 노래를 불렀다. 아이들은 나에게 한국말을 가르쳐 달라고 했다. '안녕하세요'를 한참 신이 나서 가르치고 있을 때, 식당주인 딸이 나에게 물었다.

"노래 불렀으니 얼마 줄 수 있냐?"

REGALOS HANSE
CAFE
LA SELVA
TAROT
104
FOTOS
53

헉…… 난감했다. 그런 마음이 숨어 있는지 몰랐다. 매우 익숙해 보이는 홍정투의 말에서 시장아이들이라는 생각이 퍼뜩 떠올랐다. 놀라기는 호르께도 마찬가지였다. 진짜 돈을 줘야하는지 망설이는 우리를 보던 그는 아이에게 "한국어 가르쳐 줬으니 수강료 얼마 낼래?" 했다. 그리고는 음식을 서둘러 먹었다. 아이들은 만만치 않은 상대를 만났다는 듯 금방 포기하고 우르르 다른 곳으로 몰려가 버렸다. 술이 확 깼다.

거리 풍경

집에 돌아가는 길에는 전철을 탔다. 호르께와 함께 다녀서 다 좋았지만 그중 가장 좋은 것은 대중교통을 맘 편히 이용할 수 있다는 점이었다. 길 잃을 염려 없이. 전철을 탈 때면 호르께는 언제 준비했는지 전철 티켓을 척 내 놓았고 전철 칸 중 가장 덜 붐비는 곳(주로 여성 전용칸)으로 우리를 데리고 갔다. 다른 나라에 가서 대중교통을 무람없이 이용하는 것은 특별한 기분을 나에게 준다. 여행자가 아니라 그 곳에 살고 있는 사람인 듯한 기분. 이방인이 아닌 것 같은 기분. 그래서 나는 다른 나라에 가면 대중교통을 이용하거나 걸어 다닌다. 마치 거리가 너무 익숙해 실실 산책이나 나왔다는 듯이 걸어 다니는 것도 나에게 비슷한 기분을 준다.

우리나라 전철에서는 천 원짜리 물건을 파는 상인들이 목소리를 돋울 때가 많은데 멕시코 전철에서도 목소리를 돋우는 사람들이 있었다. 다만 그들은 뭔가를 팔지는 않았다. 윗옷을 입지 않은 깡마른 남자가 뭐라고 몇 마디 하더니 가지고 온 보따리를 통로에 폈다. 보따리에는 깨진 병조각들이 수북했다. 그는 짧게 말하고 맨몸으로 병조각 위에서 앞구르기를 했다. 구르고 일어난 그의 등에는 유리조각이 박혀 있고 피가 흐르는 곳도 있었다. 돈을 줄 엄두도 나지 않게 충격적인 장면이었다. 어, 어, 어하는데 그는 다른 칸으로 빠르게 이동했다. 다른 사람들 눈에는 일상다반사인 듯했다.

그런 구걸의 다른 형태를 택시를 타고 가다가 본 적도 있다. 네거리에서 신호에 의해 차량의 소통이 뜸해지자 갑자기 A자형 사다리와 불이 붙은 방망이를 가지고 남자 둘이 나타났다. 그들은 횡단보도에다 사다리를 세우고 재빨리 올라가 불방망이를 던지고 받고 돌리는 불 쇼를 했다. 다시 신호가 바뀌기 전 재빨리 내려와 서 있던 차를 돌며 손을 내밀었다. 어찌나 재빠른지 진짜 있었던 일인가 싶기까지 했다. 또, 차가 길에 서있으면 달려와서 무작정 앞 유리에 비눗물을 뿌리고 걸레로 닦아주기도 했는데 돈을 주는 운전자도 있고 안 주는 사람도 있다고 했다. 유리조각 위를 구르거나, 불 쇼를 하거나 시간과 공간의 틈을 빌려 하는 그들의 돈벌이는 몰래하는 수음처럼 위태해 보였다.

전철역에 나와서 전화를 하면 신띠아가 차를 가지고 우리를 데리러 나왔다. 그녀를 기다리는 동안 역 주변을 살폈다. 각종 과일을 설탕에 조린, 단 것을 파는 노점상과 껌이나 복권을 파는 노점상들의 불빛이 번지고 있는 저녁 길에 연인들이 눈에 띄었다. 서로에게 몸을 최대한 밀착시켜 어루만지거나, 키스를 하고 있었다. 헤어지기 싫어하는 연인들의 모습은 우리와 비슷하지만 다른 것이 있다면 연인들의 나이였다. 대부분 20대 초반으로 보이는 우리의 연인들과는 달리 멕시코 거리의 다정한 연인들은 40대로 보이는 사람들이었다. 조금 남루해 보이고, 배가 나오고, 분기 없는 그들의 키스는 기름때처럼 끈적하게 내 눈에 맺혔다. 둘만 있을 곳을 찾을 수 없다면 눈을 감아 상대방의 입술만을 느끼는 것이 돈 없는 연인들이 찾을 수 있는 둘만의 공간일 것이다. 아, 설령 불륜이면 어떠랴. 저들은 저렇게 서로에게 목말라 하고 있는 것을…….

연인들의 애정행각에 멕시코시티를 떠나기 전날 밤은 외로웠다.

아~~~우~~~~

산 루이스 포토시

San Luis Potosi

까딸리나 밥 값 하자

- 광란의 할머니 생신파티

독립기념일의 밤 - 비바 메히꼬

- 두 번째 독립기념일은 우아하게

헤어지고 둘만 남다

까딸리나, 밥 값 하자!

by Catalina

낮 2시. 우리는 멕시코시티를 떠나 신띠아와 알렉스의 고향인 산 루이스 포토시로 향했다. 처음 계획은 신띠아 할머니의 75세 생신 파티 겸 독립 기념일 파티를 하러 부부가 함께 가기로 했는데 알렉스의 수업스케줄이 너무 빡빡한 관계로 그를 빼고 신띠아, 롤리, 알렉스주니어, 나 이렇게

출발하게 됐다. 산 루이스 포토시에는 알렉스와 신띠아의 어머님들이 계신다. 시티에서 약 4시간 정도 걸리는 길을 신띠아는 안전하고 빠르게 운전해 갔다. 롤리는 옆에 앉아 이런저런 수다로 운전의 지루함을 달래주려 했고, 나는 뒷자리에 앉아 나를 죽이려고 담요를 머리부터 뒤집어 씌우거나 물고, 핥고, 꼬집는 알렉스주니어와 사투를 벌이며 4시간을 견뎠다. 주니어의 암살본능은 과자를 주면 먹는 동안에는 순하게 없어지다가 다 먹고 나면 다시 맹렬히 불타오르는 것이었다.

쑥대머리가 됐지만 죽지 않고 살아 신띠아 어머니 집에 저녁 6시 30분쯤 도착했다. 신띠아는 오늘 저녁에 집에서 생일파티가 열릴 것이라며 잔뜩 기대했고 우리 역시, 생일파티는 어떤 것일까 궁금했다. 그러나 집은 파티를 위한 어떤 준비도 되어 있지 않은 듯 보였다. 그저 깨끗이 청소가 돼 있었고 음식도 없었다. 친척들도 없었다. 약간 어리둥절해하고 있는 사이 교회에 가야 한다며 집을 나서자고 했다. 교회에 가는 줄은 모르고 있었던 롤리는 반바지 차림으로, 나는 꽃무늬 바지 차림으로 따라 나섰다.

광란의 할머니 생신파티

생신축하 예배는 8시에 시작됐다. 예배가 끝난 뒤 친척들이 하나, 둘씩 모여들기 시작했고 어서 다시 신띠아집으로 향했다. 집에 도착한 식구들은 그 때부터 재빠르게 각자의 일을 하기 시작했다. 누구는 테이블과 의자를 준비하고 누구는 음식을 하고 누구는 술을 마시기 시작했다. 아이들은 1층과 2층을 뛰어 다니며 놀다가도 처음 보는 우리를 힐끗거리며 자기네들끼리 큭큭 웃었다.

먼저 아이들과 말문을 열었다. 교회에서부터 한 남자 아이가 우리에게 지대한 관심을 보였다. "나는 태어나서 외국 사람을 처음 본다. 그것도 동양 여자라니 너무 신기하다. 학교에서 영어를 배워도 써 먹을 때가 없었는데 이렇게 외국인과 대화를 하니 반갑다. 내 동생은 눈이 작아서 동양인처럼 생겼다. 사진을 같이 찍자. 한국인은 개를 먹는다는데 어떠냐?" 등등 쉴 새 없이 말을 했다. 그의 이름은 수다쟁이 올란도. 신띠아도 그를 수다쟁이라고 소개했다. 그는 자신이 16살이라고 말하고는 우리더러 몇 살이냐 물었다. 롤리가 맞춰보라고 하자 20살쯤 먹었나? 했다. 우리는 우리 나이를 가늠하지 못하는 그들의 셈에 재미가 붙었다. 까르르르 웃으며 주부에 37살이다 했더니 뒤로 넘어가는 시늉을 했다. 올란도 덕분에 모르는 사람들 틈에서 불편했던 마음이 조금 누그러졌다. 나이를 알고 나서도 그의 관심은 꺼질 줄 몰라 파티 내내 우리 곁을 떠나지 않았다. 이리저리 분주한 속에서도 식구들은 우리에게 미소를 보내는 것을 잊지 않았고 코로나를 권하는 것도 잊지 않았다. 빈속에 코로나는 빠르게 흡수되어 점점 나를 풀어 놓았다.

그 때 식구들과는 분위기가 다른 한 아저씨가 나타났다. 곤색 재킷, 베이지색 바지, 붉은 넥타이를 매고 작은 노래방 기계와 마이크를 들고 있었다. 아저씨가 등장하자 파티가 시작되었다. 밤 10시였다. 드디어 본격적인 음식과 술이 나왔다. 아저씨는 식구들이 밥을 먹는 동안 계속해서 노래를 불렀다. 식구들은 서로의 안부를 물으며 할머니의 건강을 비는 건배를 자주했다.

왁자지껄하게 식사를 끝내고 배가 부르자 식구들이 슬슬 일어나 춤을 추기 시작했다. 처음에는 아저씨의 노래에 맞추어 춤을 추었다. 거실은 금방 멕시칸 노래와 살사춤으로 가득해졌다. 서른 명 가까이 될 듯한 사람들이 합창을 하다가 앉은 자리, 선 자리에서 춤을 추다가 하고 있었다. 집이 노래 소리로 우렁우렁 울리고, 바닥이 춤으로 부르르 떨었다. 춤이 격해질수록 가수의 얼굴도, 식구들의 얼굴도 붉어져 갔다. 75세 할머니도 데낄라를 원샷 해 가며 넘치는 즐거움을 춤으로 표현하고 계셨다. 모두가 건강한 사람들이었다. 따뜻하고 흥겨운 분위기를 사진에 담고 싶어 마구 사진을 찍고 있는데 식구들이 같이 춤추자고 손을 끌었다. 곤란했다. 신띠아의 식구들은 전문 댄서들처럼 다들 춤을 잘 추었다. 여자들은 엉덩이와 허리가 분리된 듯 돌아갔고 남자들은 스텝이 제비 뺨쳤다. 게다가 다들 살사를 추고 있었다. 막춤이라면, 하다못해 디스코라면 어찌어찌 따라 할 텐데…… 호르께에게 배운 하룻밤 살사로는 어림없었다. 쭈뼛거리고 있는데 갑자기 이런 생각이 들었다.

'식구들이 다들 기대하고 있잖아. 동양에서 왔다고. 할머니 생신까지 찾아와서 놀고 있다고 궁금해 하잖아. 식구들을 즐겁게 해줘. 초대받은 손님으로서 밥값을 해. 까딸리나!' 이런게 혹시 직업병일까? 사람들이 나를 쳐다보면 내 세포들은 꿈틀거리기 시작한다.

카메라를 놓았다. 식구들이 원을 만들어 춤을 추는 무대로 들어갔다. 제일 처음 내 파트너가 되어 준 것은 올란도. 올란도의 어머니가 그를 내 쪽으로 밀어 같이 춤을 추라고 시켰다. 식구들이 나와 올란도의 춤을 보고 있었다. 나는 파티 시작부터 보아 온 살사를 흉내 내며, 음악에 몸을 맞추며 춤을 췄다. 신띠아 식구들이 박수를 치며 놀라워했다.

"한국 사람 맞냐? 멕시코 사람 아니냐?"

식구들의 칭찬에 그야말로 고래가 춤을 추었다. 롤리도 춤에 합류하고 있었다. 우리들의 합류로 파티는 훨씬 흥에 겨워지고 있었다. 나중에는 가수 아저씨를 쉬게 하고 집안 사람들이 나가서 노래를 불렀다. 나도 같이 나갔다. 물론, 노래를 알지 못하지만 그녀들의 감정과 몸짓을 흡수하면서 립싱크를 했다. 식구들이 아주 좋아했다. 새벽 2시가 지났는데도 분위기는 식지 않았고 춤은 이제 살사로 국한되지 않고 온갖 종류가 다 나오기 시작했다. 디스코, 트위스트, 블루스, 마카레나, 허슬에 막춤까지. 원을 돌며 다 같이 추기도 하고 둘씩 짝을 이뤄 추기도 하고 뭐든지 다 했다. 한 번 무대에 나간 우리는 멕시코 아저씨, 아줌마들과 계속해서 돌며 춤췄다. 신띠아는 그 살인적인 육감 몸매를 풀어 헤치고 마시고 떠들고 노래 부르고, 신발을 잃어 버렸다며 맨발인 채로 거실 곳곳을 누비며 에너지를 뿌렸다. 한마디로 파티의 여왕이었다.

롤리는 어느새 오신 알렉스 어머니와 상봉을 한 후 둘이 같이 춤을 추며 반가움을 나누었다.

춤을 추고 있는 나는 일종의 유체이탈을 경험했다. 나의 반은 춤을 추며 식구들과 놀고 있었고, 나의 반은 그런 나를 멀리서 보고 있었다. '그래, 까딸리나, 열심히 춤 추렴' 하면서.

나는 겉의 나와 속의 내가 일치되지 못하고 둘로 나뉘어져 생각 따로 몸 따로 이거나, 마음 따로, 말 따로 이거나, 웃음 따로, 울음 따로인 이중생활을 하고 있었다. 어떤 것을 해도 마음에 거리낌 없이 자유로울 때…… 나는 그 때를 기다리고 있는 중이다.

새벽 4시가 가까워지자 우리는 파티장을 나와 알렉스 어머니 집으로 향했다. 피곤하고 술 취한 눈에도 잘 꾸며진 아기자기한 집이었다. 어머니는 화장실이 붙어 있으니 쓰기 편할 것이라며 안방을 내주셨다. mi casa tu casa 하시며. 너무 황송한데도 거절하지 못하고 안방을 쓰기로 했다. 넓은 침대에서 참 잘 잤다.

죽은 듯 자고 일어나니 오전 10시 반쯤 되었다. 신띠아가 아침을 먹으러 다시 자기 집으로 오라고 해, 알렉스 어머니와 우리는 씻고, 정신 차리고 12시쯤 다시 어제 밤의 파티장으로 돌아갔다. 낮 12시쯤에 본 신띠아의 집 풍경은 새벽과 다름없었다. 아직도 집을 들었다놨다하는 음악이 우렁우렁 울리고 식구들은 맥주와 데낄라를 마시고 있었다. 어제인지 오늘인지 분간이 안됐다. 식구들은 새벽 6시쯤까지 논 다음 아무데서나 쓰러져 자고 이제 슬슬 일어나서 해장술을 마시고 있는 중이라고 했다. 그 와중에 청소를 하는 분도 계셨고 부엌에서는 점심밥을 준비하고 있는 듯했다. 알렉스 어머니도 집에 들어오자마자 당연하다는 듯 맥주를 마셨다. 놀라웠다. 롤리와 나는 와아~~~하면서 그럼, 우리도 맥주 한 병? 멕시코에서는 멕시코 법을 따라! 를 외쳤다.

식구들이 준비한 점심밥은 우리의 감자탕과 아주 흡사한 것이 나왔다. 돼지고기에 야채를 넣어 푹 끓인 것인데 맛이 감자탕과 매우 비슷했고 해장국으로 그만이었다. 해장국에 다시, 해장술, 음악, 어젯밤에 대한 평가

등등이 이어져 점심은 다시 술판이 되었다. 그렇게 2시간 남짓 점심 술을 먹고는 파티를 준비할 때와 마찬가지로 일사분란하게 집 청소가 이어졌다. 설거지, 쓸기, 닦기, 물건 제자리 놓기가 많은 식구들에 의해 재빠르게 이루어졌다. 완벽한 1박 2일 파티에 완벽한 뒷마무리였다.

해장술까지 먹고 나자, 산 루이스 포토시에 온 후, 거리를 한 번도 못 봤다는 생각이 들어 혼자서 슬쩍 집을 빠져 나왔다. 한 눈에 보기에도 거리는 깨끗하고 공기는 맑았다. 조용한 소도시의 햇볕을 쬐며 느긋하게 산책을 했다. 산 루이스 포토시도 오늘밤에 있을 독립기념일 파티를 준비하며 조용히 쉬고 있는 듯 했다.

112

산 루이스 포토시 _ 이름부터 산뜻한 이 작은 도시는 루미나리에 도시라는 닉네임과 함께 정원의 도시라는 닉네임도 가지고 있다. 루미나리에를 일부러 기획하지 않아도 산 루이스 포토시(San Luis Potosi)의 야경은 보석가루를 뿌려놓은 듯 눈부시다. 이달고 플라자를 비롯해 다운타운 곳곳에는 콜로니얼식 공원과 17세기 건축물, 포석이 깔린 고즈넉한 골목길이 아름답게 펼쳐져 있다. 산 루이스 포토시는 특히 아름다운 교회가 많은 것으로 널리 알려져 있다. 7개의 구역으로 나누어진 다운타운에는, 각 구역마다 각각 다른 양식의 교회를 만날 수 있다. 또 한가지 유명한 것이 가면박물관(National Museum of Masks)이다. 멕시코의 화려한 가면 컬렉션도 구경하고 직접 만들어 보는 프로그램도 있다고 한다. 산 루이스 포토시에서는 하루 코스로 인근의 과달라하라, 과나후아또, 돌로레스 이달고 등의 도시도 가볼 수 있다.

#독립기념일의 밤 - 비바 메히꼬

by Rolly

첫 멕시코 여행도 바로 이맘 때였다. 알렉스는 소피아와 나를 위해 특별한 독립기념일 파티를 준비했다며 무척 들떠 있었다. 우리는 그가 준비한 파티에 참석하기 위해 몬떼레이에서 구스따보와 그의 친구 까를로스와 함께 다시 산 루이스 포토시로 되돌아왔다. 하지만 우리의 축제 장소는 산 루이스 포토시가 아닌 돌로레스 이달고. 알렉스의 가족들과 우리 친구들은 알렉스 부모님의 고향이자, 멕시코 독립운동의 발상지로 일컬어지는 돌로레스 이달고로 향했다.

산 루이스 포토시에서 2시간 여 떨어진 도시 돌로레스 이달고는 멕시코 독립운동의 아버지 이달고 신부가 사제로 있었던 곳이다. 독립기념일 행사

때면 멕시코 국기 바로 옆에 그의 초상이 함께 장식될 정도로 그는 멕시코 독립운동의 상징적인 인물이다.

알렉스 할아버지 댁에 여장을 풀고 바로 나섰지만 행사장인 소깔로는 이미 만원이었다. 본래 작고 조용한 도시인 돌로레스 이달고는 독립기념일 시즌만 되면 이렇듯 국내외 관광객들로 북새통을 이룬다고 한다. 우리는 가히 살인적인 인파 속에서 행여 손이라도 놓쳐 국제미아가 될 새라 팔짱을 단단히 꼈다. 조명이 비추고 있던 시청의 2층 테라스가 열리고 어느덧 외침의 시간이 오자 사람들이 우~ 흥분한다. 카운트다운이 이어지고 예의 함성이 터졌다. "비바 메히꼬!" "비바!"

그리고 이어지는 폭죽의 향연. 어느새 나도 메히까나가 된 듯 가슴이 벅차올랐다. 마치 월드컵 때 "대한민국"을 외치던 그 함성처럼. 이들은 매해 독립기념일 전날인 9월 15일 이렇게 모여 비바 메히꼬를 외친다. 이 외침의 축제

독립무장혁명가 프란시스코 비야

엘 그리또, 비바 메히꼬 _ 1810년 9월 16일, 돌로레스 이달고의 사제였던 이달고는 스페인으로부터 멕시코의 독립을 이끈 혁명을 시작했다. 그는 교회의 종을 울리며 저항군에 참여할 사람들을 불러 모아 멕시코를 독립시키기 위해서는 무장봉기를 해야 한다고 외쳤는데, 이것이 바로 돌로레스의 외침(El Grito de Dolores)이다. 현재의 독립기념행사는 독립기념일 전날인 15일 밤에 이루어지는데, 이달고 신부의 독립혁명을 기리는 형식으로 이루어진다. 전국 각지의 소깔로에서 종을 울리고, 돌로레스의 독립선언문과 비바 메히꼬를 외치게 되는 것이다. 이 때 빠지지 않는 것이 수만 송이의 꽃처럼 피어나는 불꽃놀이!

는 단지 멕시코만이 아니라 전 세계 어디나 멕시코인이 있는 곳에서는 멕시코 대사관 주관으로 열린다고 한다. 독립기념일이 이렇게 전국민이 즐기는 축제로 자리잡다니 우리나라의 광복절 행사랑 비교해보면 부러울 따름이다.

행사가 끝나자 본격적인 파티가 시작되었다. 알렉스의 부모님은 우리 친구들 모두를 이끌고 산미겔이라는 도시로 향했다. "어디로 가는 거야?" "춤추러 가야지!" 알렉스는 당연한 일이라는 듯, 우리를 한 클럽으로 데려갔다. 산미겔은 백인들이 주로 산다는 부촌. 이곳에 있는 클럽은 이른바 물 좋은 곳으로 유명한 모양이었다. 클럽 앞에는 이미 긴 줄이 이어져 있고, 젊은이들 뿐 아니라 다양한 연령대의 사람들이 화려한 의상을 하고 줄을 서 기다리고 있었다. 어렵사리 클럽 안에 들어간 우리들은 광장에서 미처 발산하지 못한 에너지를 분출하려는 듯 밤새 흔들어댔다. 팝은 물론 메렝게에서 살사까

지. 서로 파트너를 바꿔가며 발바닥에 땀이 나도록, 독립기념일의 밤을 불태웠다. 살면서 그렇게 오래 춤을 춰본 건 처음이다.

그리고, 오늘이 내겐 두 번째 멕시코 독립기념일이다.

두 번째 독립기념일은 우아하게

알렉스가 학업 때문에 우리와 동행하지 못하는 바람에 사실 좀 김이 새버렸다. 그는 파티맨, 분위기 메이커인데 그가 빠지다니……. MBA 코스가 빡빡하긴 한 것 같다. 대신 신띠아와 그의 가족, 그리고 알렉스의 엄마와 동생이 우리와 함께 오늘밤을 보내기로 했다.

산 루이스 포토시의 소깔로도 축제일다운 모습으로 홍청거리고 있었다. 눈부시게 푸른 하늘 빛과 고풍스러운 콜로니얼 양식의 건물들, 자연석 바닥이 깔린 소담한 골목. 그 이름처럼 아름다운 산 루이스 포토시는 그 모습 그대로 우릴 맞아주었다. 고풍스럽고, 단정하고, 깨끗하고, 밤에는 온 도시가 반짝반짝 빛이 나는 루미나리에 도시. 공기도 맑고,

NO USE
FLASH

사람들도 친절하고, 소매치기 따위는 걱정하지 않아도 된다. 이런 곳에서 자란 신띠아는 멕시코시티에 사는 것 자체가 고역일 수밖에 없다고 한다. 산 루이스 포토시에 홀딱 반해 한참 거리를 헤매고 다니던 까딸리나는 결국 아주 진지하게 이곳에 살고 싶다고 고백했다. 나 역시 같은 고백을 한 적이 있다. 우리는 구체적으로 어떻게 하면 이곳에서 먹고 살 수 있을까 고민하다 알렉스 엄마에게 방법을 물었다.

"노 쁘로블레마, 여기서 결혼을 하면 되지. 멕시칸이랑."

"마마, 우린 유부녀잖아요."

"괜찮아. 여기선 아니잖아." (-..-) 에그머니. 마마는 농담도 잘하셔. 스페인어 교사인 신띠아의 엄마는 선생님답게 우리에게 산 루이스 포토시의 유서 깊은 건물들을 하나하나 설명해주시느라 열심이시다. 수백년은 더 된 듯한 웅장하고 고풍스런 교회가 하나 둘이 아니다. 옆에서 동시통역을 하는 신띠아의 사촌동생 올란도도 자부심으로 눈이 초롱초롱하다.

가족들과 소깔로 장터를 구경하며 이것저것 맛있는 것도 사먹고, 얼굴에 멕시코 국기 빛깔로 페인팅까지 하고 독립기념일의 기분을 만끽했다. 하지만 밤이 되도록 산 루이스 포토시의 구석구석까지 관광을 마쳤을 땐, 둘 다 녹초가 됐다. 장거리 여행에 올나이트 파티, 게다가 종일 관광까지 우리 나이에 좀 무리하긴 했다. 하지만 이제 곧 독립기념행사가 시작될 시간이다. 우린 외투를 챙겨 입고 다시 소깔로로 향했다.

돌로레스 이달고만큼은 아니었지만 산 루이스 포토시의 소깔로도 시민들로 가득 넘쳐났다. 이른바 명당 자리는 이미 남아있지 않았다. 늦게 도착한 우리는 사람들 틈을 겨우겨우 비집고 한구석에 자리를 잡았다. 잠시 후 시청 중앙의 이층 테라스가 열리고, 행사 관계자들이 나타났다. 행사가 시작된 것이다. 종이 울리고 연설이 이어지더니 드디어 카운트가 시작된다.

그리고 산 루이스 포토시의 시장님이 먼저 엘 그리또를 외친다.

"비바 메히꼬!(멕시코여 영원하라!)"

그리고 군중들이 답을 한다.

"비바!"

다시 한 번 "비바 메히꼬!" "비바!"

외침은 몇 차례나 반복되었다. 그리곤 폭죽이 터지고 불꽃놀이가 시작된다. 폭죽이라는 폭죽은 죄다 모아놓은 듯 가지각색의 불꽃이 까만 하늘을 수놓았다. 멕시코가 영원하길 기원하는 불꽃은 영원이 끝나지 않을 것처럼 길게 길게 이어졌다.

행사가 끝나자 사람들은 순식간에 흩어졌다. 우리는 군중에 휩쓸리지 않게 서로 팔짱을 끼고 광장에서 겨우 빠져나왔다. 이제 파티를 시작할 시간. 사람들은 저마다 클럽과 식당으로 바삐 움직였다. 우리도 파티를 위한 장소를 찾아나섰다. 원래는 미리 예약을 해야했다(역시 파티맨이 없으니 티가 난다).

한참을 돌아다닌 후에야 우리를 받아주는 작은 바를 찾을 수 있었다. 이미 춤출 수 있는 곳은 물론 웬만한 술집에는 자리가 없었다. 궁여지책으로 찾아든 바는 의외로 로맨틱했다. 테이블마다 촛불을 밝힌 바에는 작은 무대가 있고, 통기타 가수가 스페인어로 나지막이 사랑노래를 부르고 있었다. 은은한 기타 연주와 달콤한 노래를 들으며 데낄라 잔을 기울이니 이 또한 잊지 못할 밤이다. 나의 두 번째 독립기념일의 밤은 그렇게 우아하게 깊어가고 있었다.

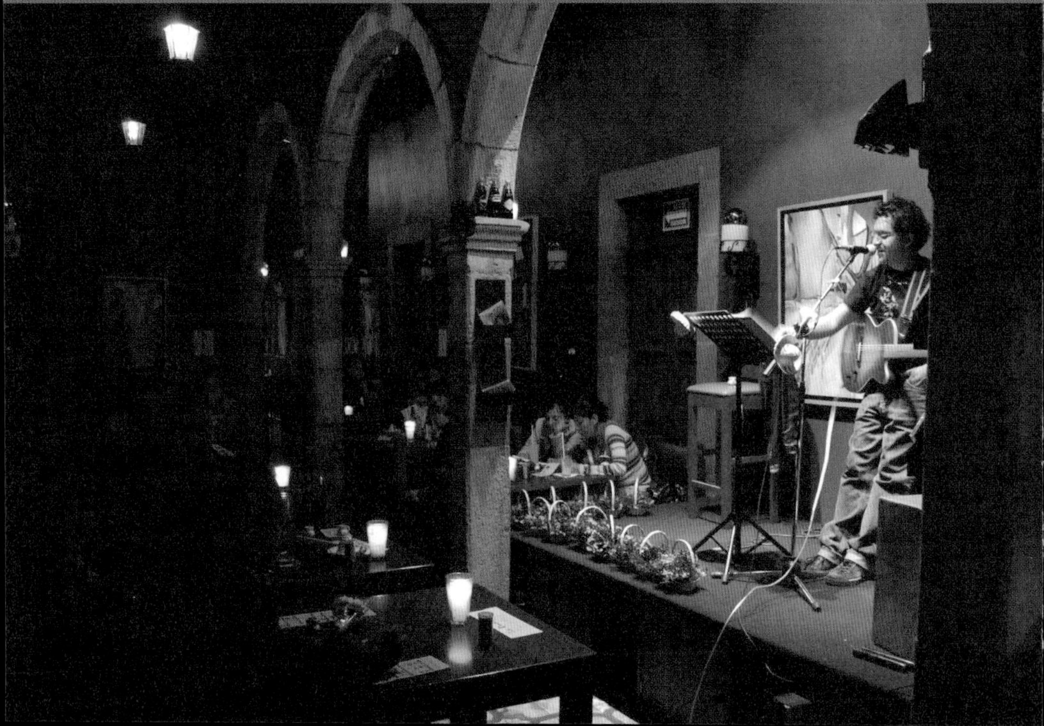

#헤어지고 둘만 남다

by Catalina

생일 파티, 독립기념일 파티, 연일 계속된 파티에 즐겁고도 피곤했다. 알렉스 엄마 침대에서 늦게 일어나 부엌으로 가보니 벌써 한 상 차려 놓으셨다. 롤리가 그렇게 그리워하던 어머니 음식을 맛 볼 수 있는 기회가 왔다. 흠~ 냄새를 맡고 다리에 힘이 절로 풀려 그대로 식탁에 앉았다. 햄과 토마토를 넣은 오믈렛, 고구마설탕절임, 토마토 볶음, 요거트, 과일, 과일 차, 또르띠야…… 아, 다시 먹고 싶다. 오믈렛과 토마토 볶음. 왜 어머니들이 해 주는 음식은 다 맛이 있는지 모르겠다. 롤리도 그런 맛을 갖게 될까?

알렉스 엄마

아침을 먹는 내내 어머니는 다시 오라고, 다시 오라고 하셨다. 너무 짧게 있어서 얘기도 많이 못하고 맛있는 것도 많이 못 해 줘서 서운하다고 우셨다.

롤리와 어머니는 둘만의 기억이 있었다. 처음 롤리가 어머니를 만났을 때 둘은 말이 통하지 않았다. 알렉스는 롤리와 어머니를 남겨두고 학교에 갔다. 서로의 눈만을 바라보던 그녀들은 데낄라를 마시기 시작했다. 말은 안 통했으나 마음은 통하여 '건배'

를 외치며 취해 갔다. 춤을 췄다. 또 술을 마시고 춤을 췄다. 학교에서 돌아온 알렉스는 취해 있는 두 여인을 보고 어리둥절해 했다. 그래서 롤리는 다시 멕시코에 오기 전 스페인어를 배웠다. 어머니와 얘기하고 싶어서……. 말이 통하든 안 통하든 롤리의 그 마음은 어머니에게 고스란히 전달됐으리라 믿는다.

집을 나서기 전 어머니는 자신이 운영하는 선물가게에서 이것저것 챙겨 주셨다. 맘 같아서는 너무 예뻐서 다 갖고 싶었지만, 아직도 많이 남은 우리의 여행을 생각할 때 욕심은 금물이었다(우리는 캐리비안 해변과 몬떼레이, 다시 토론토로 가야 하는 여정이 남아 있었다). 가게가 번창하시라는 뜻으로 물건을 돈 내고 사고 싶었는데 어머니는 한사코 선물로 주셨다. 망가지지 않게 잘 싸서 가방에 넣고 신띠아 차에 타 멕시코시티로 향했다. 알렉스네 집에 도착하니 알렉스와 호르께가 공항까지 배웅해 주겠다며 함께 있었다. 그렇잖아도 섭섭한데 배웅까지 받으

려니 여행자답지 않게 마음이 무거웠다.

알렉스, 호르께, 신띠아와는 이제 이별이었다. 나는 그들이 못 알아 듣는다는 것을 알면서도 한국말로 인사했다. 아쉽고 고마움에 설명할 길 없는 내 마음을 그들도 느꼈을 것이라 생각했다. 서바이벌 영어로는, 초초초급 스페인어로는 내 마음을 전할 길이 없었다. 이별은 언제나 말보다, 마음 가는 게 중요한 순간이니까……. 그래도 울거나 하지는 않았다. 우리는 내일 다시 만날 사람들처럼 밝게 인사했다. 무거운 마음과는 다른 그런 인사도 좋았다. 내일 다시 만나자, 친구, 안녕~

우리는 이제 캐리비안 해변으로 간다. 바다와 바다, 바다와 태양만이 있는 곳. 플라야 델 까르멘.

멕시코 국내선을 타고 2시간 30분을 날아 밤 8시 50분에 깐꾼 공항에 도착했다. 어두워 아무것도 보이지 않았지만 어딘가에 바다가 우리를 놀래키려고 움츠려 기다리고 있다고 생각하니 설레었다.

플라야 델 까르멘

Playa del Carmen

발끝엔 바다 왼팔 옆엔 친구

치첸이트사 투어

- 멀고 먼 치첸이트사 가는 길
- 세노떼에 빠지고 싶어

반짝반짝 5번가

#발끝엔 바다, 왼팔 옆엔 친구

by Catalina

마음이 급했다. 바다가 어디로 가버리는 것도 아닌데 자꾸만 서두르게 됐다. 어서어서 옷을 챙겨 입고, 아침밥을 먹고, 썬 크림을 잔뜩 바르고 바다로 나가고 싶었다. 그런데 고민이 되는 게 한두 가지가 아니었다.

우선, 호텔에서부터 수영복을 입고 갈 것인가 아니면 바닷가에 가서 갈아입을 것인가를 결정해야 했다. 호텔에서 걸어서 10분 남짓이니까 거리는 가까웠어도 한 여름에도 절대 종아리가 보이는 옷을 입지 않는 나로서는 수영복 차림으로 10분을 걷는다는 것이 무척 쑥스럽게 생각됐다. 한편, 롤리는 다리를 내 놓는 것에는 아무 문제가 없었으나 가슴이 문제였다. 롤리는 내가 다리를 드러내놓기 싫어하는 것만큼이나 가슴이 드러나는 것을 싫어했다. 그녀가 옷을 선택하는 데 가장 중요하게 생각하는 것은 가슴이 보이느

냐 보이지 않느냐 였다. 이것저것 입어보고 가슴이 너무 보이면 다른 옷으로 갈아입고 그래도 충분히 가려졌다고 생각되지 않으면 또 갈아입었다. 덕분에 워낙 더위를 타는 체질인 그녀는 외출을 하기도 전에 벌써 땀을 흘리곤 했다. 그러면 나는 한 구석에서 조용히 검은 에너지를 쏘았다.

'이봐, 쬐그만게 가슴이 왜 이리 커? 네가 가슴이 크니까 내 가슴이 작은 거 아니야. 세상의 에너지를 맞추는게 이렇게 힘든가? 어?

가슴은 아무려나…… 옷은 결국 수영복을 안에 입고 겉에 각자의 결점을 숨길 수 있는 뭔가를 하나씩 더 걸치기로 했다. 돈을 가져가야 하나 말아야 하나도 고민이었다. 둘 다 바다에 들어가 놀아버리면 돈을 지킬 사람이 없다는 것이 걱정이었다. 돈뿐 아니라 카메라까지. 우물쭈물 망설이다 돈은 점심 사먹을 정도만 갖고 나가고, 카메라는 싼 내 카메라만을 챙기기로 했다. 그리고 바닷가 모래밭에서 읽을 책도 한 권씩 챙겨, 호텔에서 나누어 주는 파라솔 50% 할인 티켓을 갖고 태양의 거리로 나갔다.

땅이 끝나는 곳, 거기에, 어젯밤 검게 웅크리고 있었던 거대한 푸른 덩어리가 넘칠 듯, 넘칠 듯 모래사장을 쓸고 있었다. 일찍 나온 덕에 사람들은 별로 없었고 드넓은 바다와, 열심히 타고 있는 태양, 한가로운 파라솔들만 우리를 맞아 주었다. 짚으로 엮은 파라솔 밑에 놓여 있는 선베드가 이곳이 이국임을, 휴양지로 유명한 캐리비안 베이임을 말해 주었다.

바다에 넋을 뺏기고 서있는데 이탈리안 할아버지가 말을 걸어 왔다. 처음이냐, 언제 가냐, 어디가 좋더라, 나는 내일 떠난다, 사진을 찍어 주겠다며 친절을 베푸셨다. 이탈리아에서 앰블런스 운전을 하신다던 그 분은 우리가 해변에서 놀고 있는 내내 우리 곁을 맴돌았는데 기회가 있을 때마다 말을 걸려고 노력하시더니 다른 아가씨들을 발견하고는 그리로 가버렸다.

호텔에서 서둘러 나올 때와는 반대로 바다를 앞에 두자 이번엔 모든 것을 천천히 하고 싶어졌다. 바다는 거기 그대로 있을 것이고 시간은 많았고 달리 할 일은 없었다. 서두르다가 완벽한 풍경을 망치고 싶지 않았다. 호들갑을 떨어 바다와 바람이 만들어 내는 소리를 방해하고 싶지 않았다.

선베드 두 개를 나란히 놓고 파라솔 위치를 조정해 적당한 그늘을 만들었다. 옷을 벗어 파라솔에 걸었다. 드러난 서로의 몸에 썬 크림을 발라 주었다. 그대로 누웠다. 바다가 보였다. 생전가야 광합성을 할 일이 없는 내 다리에 듬뿍 햇빛 샤워를 시켜줬다. 엎드려 누워 등과 뒤 허벅지도 햇빛 샤워를 시켜줬다. 남들이 누군지 못 알아 볼 정도로 까맣게 선탠을 하고 싶었다.

몸이 뜨겁다 싶자 바다로 들어갔다. 그냥 수영만 했다. 공을 갖고 놀지도, 튜브에 의지해 둥둥 떠다니지도 않았다. 팔 다리를 열심히 저어 멀리 멀리 헤엄을 쳐 댔다. 발이 안 닿으면 슬쩍 등골이 서늘해 졌지만 팔 다리를 저으면 더 멀리 갈 수도 있고, 살 수도 있다는 생각으로 그저 헤엄을 쳤다. 바다를 보고 헤엄칠 때는 거리가 가늠이 안돼서 무서울 것이 없었다. 그저 바다와 나뿐이라는 생각으로 바다 가운데를 향해 팔 다리를 저었다. 그러다가 뒤를 돌아 해변을 보면 덜컥 겁이 났다. 너무 멀리 왔다는 생각에…… 하지만 겁만 내고 있으면 아무 소용이 없었다. 다시 팔 다리를 열심히 저어 헤엄을 쳐야 떠나 온 곳으로 돌아 갈 수 있었다.

열심히 살면, 정말 열심히 살면, 상처 없던 그 때로 돌아갈 수 있을까 궁금했다. 살려면 열심히 살아야했다.

해변으로 나오면 다시 선탠을 했다. 샌드위치와 과일샐러드를 시키자 파라솔로 가져다주었다. 발끝에는 바다, 머리 위에는 햇빛, 왼팔 옆에는 친구, 턱 밑에는 신선한 점심. 몸이 절로 나긋나긋해졌다.

점심을 먹고 해변을 따라 걸어 보았다. 멀리서 보기에 여기보다 좋아 보이는 곳까지. 여러 나라 사람들이 웃거나, 자거나, 수영하거나, 책을 보거나, 옆 사람과 얘

기를 하고 있었다. 그들에게도 복잡한 사연이야 하나, 둘쯤 있겠지만 지금은 편안하다는 한 가지 표정을 하고 있었다. 우리가 있던 자리보다 더 좋아 보이는 곳도 가까이 가면 별다를 것은 없었다. 조금 낯설 뿐……. 해변을 반 바퀴쯤 돌고 오는데 우리가 사람들을 구경하는 것 만큼이나 사람들이 우리를 구경했다. 동양에서 온 여자 둘이 조금 낯설었나 보았다.

사실 난 은근히, 해변에 누워있거나 거리를 걸어가면 누군가가 말을 걸어 급 만남이 이루어지는 일도 있지 않을까 생각했는데 동양에서 온 여자 둘을 커플이라고 생각했는지 남자들의 접근은 없었다. 그렇게 믿고 싶다. 우리 나이가…… 매력이 없…… 그런 생각은 하고 싶지 않고 다만 우리를 레즈비언으로 알고 그랬다고 말이다. 기왕 커플로 오해 받는 김에 스킨십도 하고 내키면 키스도 하자고 롤리에게 제안했다가 단호히 거절당했다.

책 읽다가 잠이 들기도 하고 다시 바다에 들어가 수영을 하기도 했다. 반나절 만에 몸은 알맞게 구워져 있었다. 허벅지에 손을 올리고 잔 롤리는 그대로 손자국이 허벅지에 허옇게 생겼다.

지금도 그 때 태운 덕에 비키니라인이 그대로 드러나 있는데 골고루 태우지 못해서 몸이 얼룩덜룩, 더럽게 보인다. 실컷 캐리비안 해변에서 선탠하고, 집에 와서 보니 안 씻은 것처럼 보여서 난감했다. 목욕탕에 가도 누가 볼까 슬슬 눈치가 살펴질 정도다. 토플리스들이 이해 되는 순간이었다.

실제로 플라야 델 까르멘 해변은 토플리스 해변이었다고 한다. 어쩐지 간혹 토플리스들이 있어서 촌스럽지만 힐끗 쳐다보곤 했었다. 어쩌랴 우리에게는 그런 문화가 없어서 촌스러워 보여도 자꾸 힐끗거려지는 걸.

해가 설핏 기운 5시쯤에 내일 다시 올 것을 바다와 약속하고 호텔로 돌아갔다.

그 다음 날은 치첸이트사 피라미드를 보러 가서 바다에 못 갔고, 다 다음 날 간 바다에서 우리는 이랬다. 이제는 아무 거침없이 짧은 바지를 입고 도둑 걱정 따위는 하지 않은 채, 편의점에 들러 맥주를 샀다.

백설 공주가 보면 독이 든 것을 알았다 해도 먹고 싶을 정도로 빨간 사과도 샀다.

바다로 갔다.

몸을 앞으로 굽고, 뒤로 태우고 하다가 물집이 생기는 화상을 입었다.

그래도 수영을 했다.

사 가지고 간 맥주를 곁들여 점심을 먹었다.

티비 광고 흉내를 내며 맥주와 바다를 주제로 사진을 찍었다.

계속되는 주제는 바다와 여인이었다(빨간 사과는 이때를 위한 소품이었다).

수영을 했다.

잠을 조금 잤다.

오후 3시쯤 비가 왔다. 비를 맞고 수영을 했다.

수영을 했다.

그리고 수영을 했다.

gandhi

플라야 델 까르멘 _ 깐꾼에서 1시간 거리의 한적한 바닷가 동네인 플라야 델 까르멘(Playa del Carmen). 캐리비안의 눈부신 햇살과 투명한 바닷물을 만끽할 수 있는 곳이다. 깐꾼이 화려한 미국 호텔족을 위한 곳이라면 플라야 델 까르멘은 주로 조용한 걸 선호하는 유럽 사람들이 많이 찾는 곳이다. 그런 이유 때문인지 토플리스들이 많아 아예 토플리스 해변으로 알려져 있다. 혹시 웃옷을 훌훌 벗고 다니는 여자들을 봐도 당황하지 말 것. 관광지로 호텔, 리조트 등 숙소는 넘쳐난다. 숙박비도 깐꾼에 비해서 저렴하다. 지난 해 큰 태풍으로 새로 짓거나 고친 곳이 많아 시설이 깨끗한 편이다. 쇼핑을 하려면 5번가 라 퀸타로 나서면 된다. 길을 따라 각종 숍을 비롯해 럭셔리한 레스토랑, 술집, 까페, PC방들이 즐비하다. 싼 곳을 원한다면 5번가에서 좀 벗어난 곳의 식당을 찾는 것이 좋다. 플라야 델 까르멘까지는 깐꾼 공항에서 버스를 이용해서 올 수 있다. 버스는 한 시간 간격으로 다닌다.

#치첸이트사 투어

by Rolly

플라야 델 까르멘에서 단 하루만에 흑인이 된 까딸리나와 왼쪽 허벅지에 흰 손바닥 자국을 갖게 된 롤리. 우린 말로만 듣던 캐리비안의 강렬한 태양을 몸소 체험했다. 이글이글 끓는 소리가 날 것 같이 달아오른 태양은 거칠 것 없이 우리 몸으로 쏟아졌다. 그렇게 뜨거운 태양을 머리에 이고, 우린 비취

빛으로 투명한 바다 속을 종일 헤엄쳐 다녔다. 수영에 지치면 파라솔 아래에 누워 코골며 낮잠도 잤다. 배고플 땐 파라솔에 누워 레스토랑에서 주문한 샌드위치도 오물오물 나누어 먹었다. 그리고 멕시코 태양 아래서 캐리비안 바다를 바라보며 코로나를 마셨다. 이 맛이로군. 캐리비안 해변을 배경으로 맥주광고를 만든 사람은 분명 여기서 이렇게 맥주를 들이켜 보았음에 틀림없다. 평화롭고 조용하고 여유롭고, 게다가 자유롭고. 플라야 델 까르멘에서 내가 꿈꾸던 완벽한 휴가를 맛본다.

하루 종일 수영을 했음에도 전혀 지친 기색이 없는 까딸리나는 몇날 몇일이고 수영만 했으면 좋겠다고 했지만, 그러기엔 플라야 델 까르멘에 보고 즐길 것이 너무 많았다. 배타고 섬에도 가볼 수 있는 페리투어를 비롯해 유적지 투어, 스쿠버 다이빙, 스킨스쿠버 등을 즐길 수 있는 수상스포츠 투어, 각종 쇼와 파티가 있는 클럽투어 등등……. 해질녘 5번가에 나가보면 여행사에서 나온 영업직원들이 각자 자신의 투어를 홍보하느라 요란했다. 우린 몇가지 투어를 물망에 올려놓고 고심을 했다. 셀하(Xel-Ha)와 이슬라무헤레스 투어, 뚤룸 유적지, 그리고 치첸이트사가 최종 물망에 올랐다. 셀하는 일종의 테마워터파크인데, 돌고래와 함께 수영을 할 수 있는 곳이라며 호르께가 강추했던 곳이다. 캐리비안의 다양한 수중동물들과 수상스포츠를 즐길 수 있고, 멋진 레스토랑과 여러 가지 쇼가 펼쳐져 관광객에게 가장 인기 있는 투어란다. 내가 꼭 가고 싶었던 투어는 이슬라무헤레스 투어였다. 페리를 타고 섬에 들어가서 여러 가지 수상스포츠를 해볼 수 있는 프로그램인데, 우리는 결국 세계 신 7대 불가사의라는 치첸이트사 투어를 하나만 다녀오기로 했다. 오롯이 캐리비안 바다만 즐기기에도 시간이 너무 빠듯했기 때문이다.

쿠쿨칸 피라미드 _ 치첸이트사의 대표적인 피라미드 엘 까스띠요는 신전인 동시에 마야인들의 달력으로도 기능하도록 정교하게 만들어졌다. 엘 까스띠요는 다른 말로 쿠쿨칸 피라미드라고도 불린다. 쿠쿨칸이란 마야 신화에 나오는 상상의 뱀이다. 쿠쿨칸 피라미드 계단 아래에는 뱀의 두상이 조각되어 있는데, 춘분과 추분 때는 그림자가 생기면서 그 뱀의 두상과 그림자가 연결이 되어 마치 뱀이 피라미드를 내려오는 듯한 형상을 띤다고 한다. 이것을 예측하고 피라미드를 설계했다니 마야인들의 머릿속이 궁금하다. 과연 세계 신 7대 불가사의로 꼽힐만 하다.

치첸이트사 투어 가는 날. 새벽에 핸드폰 알람에 한 번 놀라 깬 후 다시 깊이 잠들어 하마터면 못 일어날 뻔 했다. 다행히 오늘도 부지런쟁이 까딸리나가 먼저 일어나 시간을 맞출 수 있었다. 7시 50분에 호텔 앞으로 예약한 투어버스(12인승 밴)가 왔다. 차가 비어있다 했더니 세 군데나 들러 7명의 승객을 더 태운 후에야 치첸이트사로 떠난다. 패키지 비용은 45USD(식사 포함). 그나마 호텔에서 예약을 해서 조금 싸게 가는 거다. 5번가에서 예약하는 것보다는 각 호텔에 연계돼 있는 상품을 이용하는 것이 싸다.

패키지에 동행한 여행객들은 캐나다 간호사 바바라, 그리고 푸짐한 몸매가 똑 닮은 미국인 부녀, 스페인 커플 두 쌍 등 다양한 국적이다. 내 옆에 앉은 바바라와만 제대로 통성명을 했다. 역사에 통 관심이 없는 남자친구는 리조트에 두고 혼자 투어에 참가했단다. 꽤 독립적인 여성인 듯 하다. 그녀는 조류학자인 아빠를 따라 세계 곳곳을 여행해봤다며 언젠가 한국에도 와보고 싶다고 했다. 밴쿠버에 살아서인지 한국인이 친숙하다는 그녀와 우린 서로 여행지에서 있었던 일들을 나누며

금새 친해졌다. 언젠가 우리가 밴쿠버에 오면 재워준다며 메일 주소를 적어준다. 여행지에서 만난 사람들은 쉽게 친구가 된다. 이런 마음으로 일상을 살아갈 수 있다면 좋으련만. 길 위에 서야 마음이 열리는 이유는 무얼까.

세월아 네월아 천천히 달리던 차가 갑자기 길가에 선다. 군인인 듯한 무리들이 차를 세운 거다. 창밖으로 내다보니 군용 트럭 한 대와 무장한 군인들이 여럿이다. 군인 한명이 운전사와 뭐라뭐라 떠들더니 우리에게 모두 내리란다. 순간 얼마 전 이라크에서 있었던 납치사건이 떠오르면서 불안과 걱정이 엄습했다. 멕시코에도 반정부군이 있다던데, 이 사람들 혹시…… 혼자 각종 시나리오를 상상하고 있는 사이, 이들은 차량 내부를 살피면서 뭘 찾는 듯 했다. 잠시 후 수색을 마쳤는지 우리를 보내주었다. 알고 보니 이들은 마약단속을 하는 군인이란다. 멕시코에서는 마약문제가 심각한데 이것을 단속하는 이들이 경찰이 아닌 군인이라니, 어니 상상이나 할 수 있었겠는가. 아무튼 놀란 가슴을 쓸어내리고, 어서 무사히 도착하기만을 바랬다.

두 시간 여쯤 갔을까 차가 어느 허름한 건물 앞에 섰다. 관광지 치고는 어수룩하다 싶었더니 기념품 가게다. 우리나라 패키지 투어처럼 기념품 가게에서 커미션을 받는가 보다. 다행히 강매는 하지 않았다. 날씨는 덥고, 길은 멀고, 치첸이트사에 도착하기 전에 맥이 다 빠질 것 같다.

세노떼에 빠지고 싶어

어렵사리 도착한 치첸이트사는 그 명성답게 입구부터 관광객으로 넘쳐난다. 그런데 의외로 동양인이 꽤 눈에 띈다. 알고 보니 일본인 대학생들. 아무리 돈이 많기로 설마 여기까지 수학여행을 왔나?

투어 운전기사는 우리 일행을 한 가이드에게 인계했다. 영어와 스페인어를 동시에 유창하게 구사하는 가이드는 영어를 못하는 스페인 부부를 위해 영어로 설명했다가 다시 스페인어로 설명했다가 동시통역을 하며 우리를 안내했다.

입구로 들어서 조금 걷자 바로 메인 피라미드인 엘 까스띠요가 높이 24미터의 거대한 위용을 드러낸다. 강렬한 햇빛 속에 희게 빛나는 이 피라미드는 쿠쿨칸(Kukulcan, 마야의 케찰코아틀(Quetzalcoatl) 신)을 위해 지어졌다고 한다. 무덤이 아니라 신전이다. 피라미드는 자로 잰 듯 완벽한 천문학적

인 디자인을 갖추고 있다. 4면에 4개의 계단이 있고, 계단들은 각각 91층으로 이루어져 있다. 맨 꼭대기 중앙에 있는 한 층까지 합치면 총 계단의 수가 365개. 1년 365일을 상징한단다. 계절에 따라 해의 기울기가 달라지고 그에 따라 계단에 드리우는 그림자의 위치가 달라져 달력처럼 사용됐

다고 하니 과연 어떻게 이런 걸 생각해냈을까 불가사의이다. 정상에 올라가 보고 싶었지만 2년 전 추락사고가 있은 후로는 등반이 금지됐다.

이어서 구기장(Juego de Pelota)으로 이동했다. 이곳에서는 신에게 제사 지낼 때 바칠 희생물을 얻기 위해 실시한 경기, '축구' 랑 비슷한 볼게임이 벌어졌다 한다. 그야말로 목숨이 걸린 서바이벌 게임이다. 경기에서 진 팀의 캡틴은 목이 따지고 그 피가 흘러 팀의 생명과 다른 사람의 생명을

구하게 되었다니 살벌하다. 그러나 그들은 그렇게 죽는 것을 영광스럽게 생각했다고 한다. 이러한 내용은 경기장 옆 벽에 그림으로 새겨져 남아있다.

그 밖에도 죽은 전사를 기리는 전사의 전당, 천개의 돌기둥, 우리나라 천문대 비슷한 건축물, 작은 피라미드 등 숲 곳곳에 건축물들이 숨어있다. 정글지역이라 아직 발굴되지 않은 유적이 90% 이상이라니 그 방대함을 상상하기 힘들다.

관광지 안에는 마야인의 후예들인 듯한 원주민들이 길목마다 좌판을 벌여놓고 기념품을 팔고 있다. 5번가에서 본 물건들이 여기서는 훨씬 싸다. 까딸리나는 솜브레(챙이 큰 멕시코 모자)를 푹 눌러쓴 멕시칸 모습의 목각인형을 사고, 예쁜 그릇도 샀다. 나도 화려한 색으로 치첸이트사의 전사를 그려 넣은 가죽 그림을 샀다. 피라미드가 그려진 티는 남편 선물. 이렇게 쇼핑하느라 사람을 제물로 바쳤다는 곳에 가는 걸 생략했다. 그곳까지 가기엔 날이 너무 뜨겁다. 잽싼 바바라는 그새 다녀온 모양인지 얼굴이 시뻘개져서 나타났다.

열심히 그늘을 찾아다니면서 돌아다녔지만, 우리도 얼굴이며 드러내놓은 팔들은 이미 빨갛게 익었다. 이 더위를 식혀줄 수 있는 코스가 다음에 기다리고 있었으니 바로 세노떼다. 세노떼는 암반이 가라앉고 솟아난 샘을 말하는데, 이 세노떼 덕분에 강이 없는 유카탄 반도에 문명이 생겨났다고 한다. 치첸이트사에 있는 세노떼는 가뭄이나 자연재해시 처녀를 던졌다고 하는 곳이지만, 우리가 간 곳은 뜨겁게 달아있는 관광객들이 몸을 던지는 곳이었다. 하늘을 향해 뻥 뚫린 구멍으로 햇빛이 쏟아지고 초록색의 투명하고 차가운 못은 그 깊이를 알 수 없다. 물 속엔 이미 먼저 온 관광객이 수영을 하며 세노떼의 청량함을 즐기고 있었다. 우리 일행 중에도 일부는 수영복을 준비해왔는데, 우리는 아무것도 모르고 수영복을 준비하지 못하는 바람에 처량하게 구경만 해야 했다. 까딸리나는 분개해서 어찌할 바를 몰랐다.

저 물속에 들어가면 이 열기를 한방에 식힐 텐데. 바바라는 신이 나서 물에 들어갔고 우리는 밖에서 찍사를 해야만 하는 신세. 아쉬운 대로 차갑게 식은 바바라를 껴안으면서 그 냉기를 조금이나마 묻혀본다.

신성한 샘, 세노떼 _ 치첸이트사(Chichen Itza), 마야어로 '치'는 '입', '첸'은 '우물', '이트사'는 부족명이라 한다. 그러니까 치첸이트사는 "이트사족의 우물 입구"라는 뜻이다. 이 이름 속에 문명의 비밀이 담겨 있다. 일년 내내 40도가 넘는 뜨거운 기후에 석회암 지대의 특성상 비가 오면 물은 고이지 않고 땅속으로 스며든다. 이런 정글지역에서 마야문명이 탄생하게 된 것은 바로 우물, 즉 세노떼 덕분이다. 이글이글 타는 바깥세계와는 전혀 다르게 세노떼의 동굴은 서늘한 기운이 느껴질 정도다. 세노떼의 물도 너무 차가워서 물에서 나온 이들은 몸을 떤다.

아침부터 쫄 굶은지라 밥이나 먹으러 갔으면 했는데 마침 식당으로 이동한단다. 패키지 투어라 식사가 포함돼있다. 뷔페식이라 있는 대로 퍼다 먹고, 위장이 흡족해지니 분개한 마음도 좀 누그러진다. 까딸리나는 패키지를 판매하면서 안내도 제대로 안 해준 호텔에 반드시 따져 물을 것이라며 이를 악 물었다. 이럴 땐 까딸리나가 나보다 아줌마정신이 더 강하다.

식사를 하는 동안 마얀의 후예인 듯한 무희들이 일종의 기예 같은 전통무용을 선보였다. 머리에 술병과 잔이 놓인 쟁반을 올려놓고 손을 놓은 채로 춤을 춘다. 춤 자체도 그저 그랬지만 표정 없는 그들의 얼굴 때문에 별로 흥이 안 난다.

다음 코스는 바야 돌리드라는 작은 마을. 스페인 점령 이후에 만들어진 곳이라 콜로니얼식 건축이 있다고 해서 들른 곳인데 그동안 워낙 예술적인 건축물로 단련된 눈에는 밋밋하기만 한 느낌이었다. 게다가 날씨가 궂어지면서 빗줄기가 쏟아져 구경하다 말고 모두 차안으로 들어앉았다. 그때부터 집으로 돌아오는 길 내내 천둥번개를 동반한 빗줄기가 쏟아졌다. 그렇게 쨍쨍하던 날씨가 어찌 된 걸까 했더니, 이곳 날씨가 원래 그렇단다. 오전 내내 말짱하다가 오후에 이렇게 빗줄기가 쏟아지고, 그리고 언제 그랬냐는 듯 바로 개었다. 그래서 깐꾼은 우기에도 바캉스가 가능하다.

투어로 하루를 꼬박 써버렸다. 몸도 피곤하고 시간도 많이 늦었지만 절대 그냥 잘 수는 없다. 하루가 아쉬운 두 아줌마 결국 샤워를 하고 다시 5번가로 나선다. 길게 이어진 길. 노오란 불빛이 끝도 없이 이어진, 봐도 봐도 질리지 않는 5번가로.

#반짝반짝 5번가

by Catalina

플라야 델 까르멘에 있는 동안 낮엔 수영을 하거나 관광을 했고 밤이면 꼬박꼬박 5번가를 헤맸다. 5번가는 한 번 들어가면 쉽게 빠져 나올 수 없는 미로 같은 곳이었다. 반짝반짝 빛나는 황홀한 미로.

처음 5번가를 만난 건 우연이었다. 물론 호르께에게 5번가라는 쇼핑거리가 있다는 말은 들었지만 바다에 빠져 굳이 찾아볼 생각은 안 하고 있었다. 바다에서 실컷 논 첫 날, 내가 돈이 떨어져 현금인출기를 찾아야 했다. 호텔

앞 관광안내소에서 알려 준 현금인출기는 꽤 멀리 떨어져 있었다. 그래도 물어, 물어, 찾아가다가 발견한 곳이 바로 5번가였다. 한국기계와 별 다를 것도 없는 인출기를 발견하자 보물이라도 만난 양 좋아했고, 돈을 찾고 나서도 신대륙 정복이라도 한 듯 뿌듯해 했다. 우리는 별일 아닌 걸로 기쁘고, 별일 아닌 걸로 피곤해 하며 별일 아닌 일을 별일로 만들어 가고 있었다.

그렇게 우연히 만난 5번가는 일단 크기에서 우리를 압도했다. 거리 처음부터 끝까지 걷기만 하는데, 절대 기웃거리지 않고 걷기만 하는데 한 시간 반 정도가 걸렸다. 그 곧게 뻗은 길에 마야와 아스텍 문명이 낳은 삶과 예술이 가득한 작은 가게들이 빼곡히 들어 차 있었다. 호화로운 식당들이 즐비했다. 관광객들이 서로 넋이 나가 둥둥 떠다니고 있었다.

마리아치들은 기타를 들고 노래하며, 밤바람은 상쾌하고, 상가 너머 바닷소리는 은은하고, 손님을 부르는 상인들의 목소리는 오히려 여유로웠다. 작은 가게, 큰 가게마다 걸어 놓은 등과 테이블에 놓인 초는 가뜩이나 물렁해져 있는 관광객들의 마음을 크게 흔들기에 충분했다.

처음 5번가를 걷던 날은 정말, 걷는지, 섰는지, 보는지, 홀리는지 모를 정도로 매혹 당했다. 불빛 속으로 뛰어 드는 나방 꼴이랄까? 그러던 중 온 몸에 페인팅을 하고 자기 키만한 독수리 날개옷을 입고 길 가운데서 활개를 치는 사람을 발견했다. 너무 신기해 다짜고짜 사진을 찍자고 덤볐더니 흔쾌히 허락을 해주었다. 롤리 한 방, 나 한 방 찍었더니 이번에는 그 독수리 인간이 다짜고짜 "only for tip" 이란다. 넘치는 불빛에, 넘치는 물건들, 넘치는 흥분에, 넘치는 상술이었다.

5번가에 있는 어떤 가게라도 들어가면 30분은 봐야 할 정도였다. 인형가게엔 인형들이 눈을 뙤록뙤록 굴리며 빼곡히. 그릇가게엔 토기들이 번들번들 빼곡히. 옷가게엔 여름옷들이 할랑할랑 빼곡히. 등가게엔 등들이 온갖가지색을 뿜으며 빼곡히. 기념품가게, 은가게, 토산품가게, 술가게, 머리띠가게, 허리띠가게, 인터넷카페, 스타벅스, 하겐다스…… 직선으로 크게 뻗은 길 옆 작은 샛길로 들어서면 또 다시 가게들, 음식점들, 술집들…… 하여튼 5번가를 3일 밤 내내 돌아다녔다. 돌아다니다 다리가 아프거나 배가 고프면 식당에 들어가 술을 마셨다. 야외석, 촛불이 흔들리는 자리에 앉아 맥주에 나초를 먹었다. 본고장의 나초에는 토마토와 양파 토핑이 치즈에 가득 묻어 나왔다. 지나다니는 사람을 구경하고 스무 살 시절을 얘기하고, 집에 두고 온 가족을 살짝 그리워하고, 지금의 나는 무엇이며, 앞으로 우리는 무엇이 될까 얘기했다. 그 날 밤은 나눌 수 있는 것이라면 무엇이든 롤리와 나누고 싶어 쓸데도 없는 말을 참 많이도 했다. 소중한 것은 침묵으로 지켜야 하는 것을 알면서도…….

어느 가게 주인이 누군가에게 배운 한국말을 하는 소리가 들렸다. "눈부시다." 눈부신 것들에 둘러 싸여 말을 많이 한 그 날은 어쩐지 외로웠다.

MANDARIN
PIZZA

몬떼레이

Monterrey

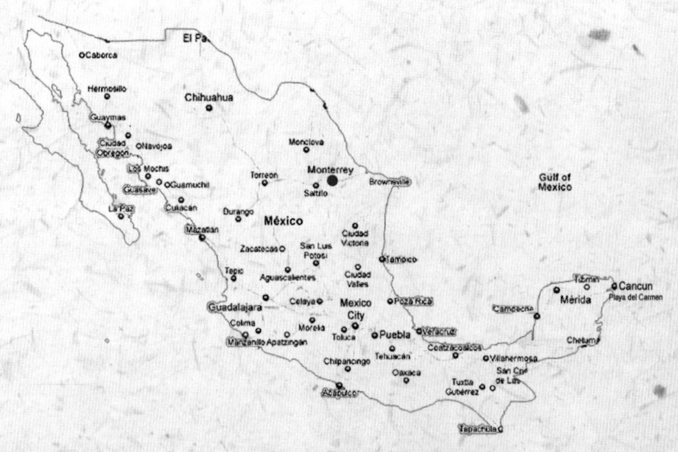

몬떼레이 구스따보를 만나다

- 착한 아들 따보

마리아치 그들은 누구인가

- 오역의 선물 증정

그리고 또 다시 마지막 날

이번엔 다르다

3초 안에 잠들라

그리고 이어지는 무엇

엄마로 아내로 돌아오기

#몬떼레이, 구스따보를 만나다

by Rolly

까딸리나 덕분에 무료로 컨티넨탈 아침을 챙겨먹고(역시 우는 애 젖 준다. 세노떼 갈 때 수영복 가져가는 거 왜 안가르쳐 줬냐고 까딸리나가 강력 항의하자 아침식사권을 주더라), 플라야 델 까르멘과 작별을 했다. 이제 우리는 멕시코에서 머물 마지막 도시, 몬떼레이로 간다. 곧 장가가는 구스따보를 만나기 위해.

그런데 이 녀석 연락도 잘 안되고, 연락할 때마다 말이 달라지는 게 영 불안하다. 자기네 집에서 자라고 했다가, 다운타운에 있는 호텔에서 자는 게 좋겠다고 말을 바꾸질 않나, 공항에 마중 오겠다더니 이제 다른 사람을 보냈다고 한다. 결혼식에 참석 못한다고 했더니 서운해서 그러는지. 어쩐지 환영받지 못하는 느낌이 들어 도로 멕시코시티로 돌아가고 싶을 지경이다. 어쨌든 비행기 표는 환불이 안되는고로 일단 비행기에 올랐다. 이제 2시간 30분 후면 몬떼레이에 도착이다.

6년 전에도 몬떼레이에 왔었다. 당시 소피아와 난 구스따보를 만나기 위해 산 루이스 포토시에서부터 버스를 탔고 장장 6시간에 걸쳐 멕시코의 척박한 사막을 가로질러 몬떼레이에 도착했다. 이늠의 멕시칸 타임. 터미널로 마중 나오기로 한 구스따보는 보이질 않았다. 한참 두리번거리고 있는데 우리와 눈이 마주친 한 경찰이 다가오더니 우리에게 어디서 왔는

지 물으며 여권을 보여달라고 했다. 표정을 보아하니 도와주려고 그러는 것 같지 않고 취조하는 분위기다. 우리는 여권 사본을 꺼내어 보이자 그는 원본을 요구했다. 우리는 독립기념일에 돌아가기로 해서 대부분의 짐을 알렉스네 집에 두고 왔고, 여권도 사본만 챙기고 원본은 잃어버릴까봐 가져오질 않은 터였다. 당황하는 우리에게 경찰은 험상궂은 얼굴로 우리에게 어딘가로 가자고 했다. '뭐야, 우릴 어디로 데려가겠다는 거지?' 우린 구스따보의 연락처를 보여주며 친구에게 연락을 해달라고 말했지만 그는 못들은 척 막무가내로 따라오라고 했다. 다행히 그때 구스따보가 등장했다. 눈물이 핑 돌 지경. 어찌된 영문인가 했더니 경찰이 소피아의 화려한 행색을 보고, 불법취업자(술집에서 일하는 외국인 여성)인 줄 알았단다. 오 마이 갓! 구스따보는 자신의 신분증과 명함을 보여주며 우리의 신분을 설명했지만 결국 그는 돈을 몇푼 받고서야 우릴 보내주었다. '이것이 그 악명 높은 멕시코 비리경찰의 실체로구나.' 몬떼레이에서의 첫 경험은 치사한 비리경찰이었다.

또 하나 몬떼레이를 추억하면 떠오르는 것은 로데오 나이트 클럽이다. 춤을 좋아하는 소피아 덕분에 가는 도시마다 나이트 클럽을 다 다녀보았지만, 몬떼레이의 나이트 클럽은 단연 독보적이었다. 구스따보가 데려간 클럽엔 서부영화에서나 나올법한 카우보이 모자에 카우보이 부츠를 신은 사람들이 눈에 띄었다. 미국의 텍사스와 맞닿아있는 지역이라 그런가 했더니 그곳이 로데오 경기장이 있는 클럽이었다. 나이트 클럽 안에 로데오 경기장이라니. 눈으로 보고서도 믿을 수 없는 광경이었다. 엄청난 규모의 클럽 안에는 실제로 울타리를 친 경기장이 펼쳐져 있었고 경기장을 빙 둘러 높은 단이 마련돼 있어서 사람들은 그 위에 올라서서 경기도 보고 음악에 맞춰 춤을

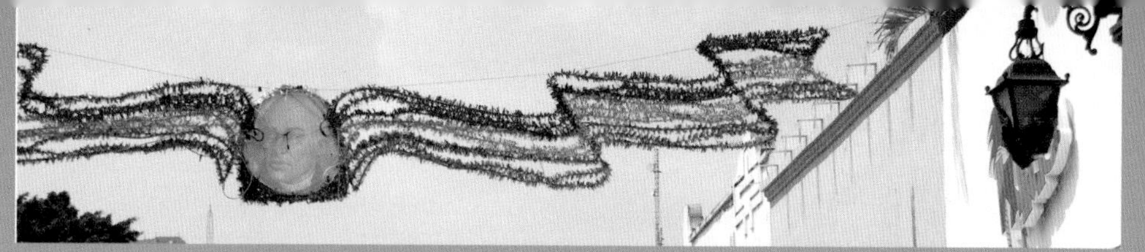

추도록 되어있었다. 경기가 시작되자 음악이 잠시 중단 되었다. 로데오 경기는 소 등에 올라타서 오래 버티는 사람이 우승하는 경기. 카우보이 복장의 선수가 커다란 소 등에 올라 탄 채 등장하자, 사람들은 환호성을 보냈다. 흥분한 소가 몸을 비틀어대며 날 뛰자 등에 버티고 있던 선수는 채 몇 초를 못버티고 떨어지고 만다. 사람들은 박수를 보내고 다시 음악에 맞추어 춤을 췄다. 정말 진기한 장면이 아닐 수 없었다. 물론 이 클럽에도 바가 있고 춤을 추는 플로어가 따로 있었다. 여기서 또 처음 경험한 것이 단체 댄스. 마치 월드컵 댄스처럼 사람들이 줄지어 서서 같은 동작으로 춤을 추었다. 다른 클럽에서는 보지 못했던 장면이다. 멕시코 춤이라기 보다 텍사스 춤 같다. 하긴 텍사스가 원래 멕시코 땅이었으니, 그게 그것이라고 해야 하나. 전통적으로 내려오는 안무가 있는지 사람들은 음악에 따라 일제히 같은 율동으로 몸을 움직였다. 열심히 따라 추자 그들과 하나가 된 느낌이다. 이번에 몬떼레이에 가면 다시 한 번 꼭 가고 싶은 곳인데 까딸리나가 영 비협조적이다. 가면 나보다 더 좋아할거면서.

공항에 도착하자 구스따보 대신 까를로스가 나와있다. 오! 까를로스. 그는 독립기념일 축제때 구스따보가 데려왔던 그의 베스트 프렌드다. 반갑게 인사를 하며 그 동안의 안부를 물었다. 그 사이 이 친구도 결혼을 했고, 나름 자리 잡은 직장인이 된 모양이다. 그때는 영어 한마디도 안 통했던 친군데 이제 영어도 제법 늘었다. 그는 구스따보를 따보라고 부른다.

"따보가 많이 바빠서 내가 대신 왔어. 그는 결혼준비 혼자 하느라고……."

그는 마치 자신이 따보인 듯 그를 변호하느라 진땀을 뺀다. 진짜 베스트 프렌드 맞다. 우리는 그의 차를 타고 따보네 집에 도착했다. 몬떼레이의 상징인 커다란 말 안장 모양의 산봉우리가 한눈에 보이는 동네는

따보네 신혼집

그대로인데 따보네 집은 6년 전 따보네 집이 아니다. 내가 기억하는 따보네 집은 아주 허름하고 볼품 없었는데, 지금 눈 앞에 있는 집은 붉은색으로 예쁘게 칠해진 외벽에 철제문까지 갖추고 있고, 실내에 들어서자 리모델링까지 했는지 완전 새 집이다.

"올라, 마마(안녕하세요. 어머니)."
우리를 기다리고 있던 구스따보의 어머니가 반갑게 맞아주신다.

"보니따 까사(집이 이뻐요)."
어머니는 함박 웃음을 지으시며 고개를 끄덕이신다. 영어를 전혀 못하시는 어머니는 내가 짧은 스페인어로 이야기를 하자 무척 좋아하신다.

"구스따보가 집을 고쳐줬어. 결혼식도 혼자 다 준비해" 하며 자랑스러운 듯 아들을 추켜세우신다.

구스따보는 우리가 흔히 말하는 개천에서 용난 녀석이다. 6년 전 멕시코에 처음 왔을 때, 알렉스와 호르께의 집을 방문하고 참 많이 놀랐었다. 그들은 내가 생각하는 멕시코 사람의 수준이 아닌 우리나라 중산층보다 훨씬 나은 생활, 집안 환경 등을 가졌기 때문이었다. 가난한 나라일수록 빈부차가 심하다더니 잘 사는 집은 정말 잘 살았다. 그들의 부모는 글로벌 기업에서 일했고, 자녀들은 모두 해외유학을 했고, 둘 다 군대 면제였다(멕시코에도 짧은 기간이지만 군대가 있다).

그러나 구스따보의 집에 갔을 땐, 또 다른 이유로 놀랐었다. 그의 집은 마치 짓다 만 것처럼 외벽은 그냥 시멘트 벽돌인 채로 드러나 있었고, 지붕엔 마감 없이 철근이 흉물스럽게 나와있었다. 실제로 멕시코에 가면 많은 집들이 이와 비슷한 모습이다. 그나마 그의 이층 방도 얼마 전 그가 새로 지어서 올렸다고 했다. 그의 아버지는 청소부였고, 그를 지원해줄 여유가 없었다. 그런 구스따보가 캐나다까지 어학연수를 올 수 있었던 건 자기가 수년간 직장생활을 하며 쓰지 않고 돈을 모은 덕분이었다. 구스따보는 고등학교를 졸업하고 직장에 다니며 야간 대학을 졸업했다. 그렇게 직장을 다니며 착실히 번 돈으로 의대에 다니는 여동생의 학비를 대고, 가족을 부양하고, 또 야간 대학원에서 공부까지 계속했다. 경력과 실력을 쌓은 덕에 지금은 월풀이라는 세계적인 기업에 스카우트가 되어 파이낸셜 디렉터로 승진까지 했다. 그리고 따로 마련한 빌라에 이제 아리따운 신부까지 맞이하게 된 거다. 따보, 그는 자수성가의 전형적인 사례다. 정말 대~단한 친구다.

드디어 구스따보가 돌아왔다.

"올라, 롤리!"

반가운 따보의 얼굴을 보자 그동안 서운했던 마음이 다 사라진다. 정말 오랜만이다. 그간 알렉스는 한국에서 보았고, 호르께는 메신저로 종종 연락을 했지만, 늘 바쁜 따보는 메신저에서조차 보기 힘들었다.

광대뼈가 툭 튀어나오도록 삐쩍 말랐던 녀석이 이제 나잇살도 제법 오르고, 인상도 편안해졌다. 구스따보는 결혼식도 못 보는데, 여기까지 오는 우리가 걱정되었다고 했다. 결혼 준비로 정신없는 자기 때문에 우리가 여행을 망칠까봐 다운타운에 숙소 잡는 걸 제안 했다는 거다.

"이봐 따보. 몬떼레이에 뭐 볼게 있어? 난 너 보러 온거라구."

"정말 고마워 롤리, 근데 정말 결혼식은 안보고 갈 참이야? 결혼식 파티는 정말 최고일거라구!"

1년이나 준비한 결혼식이라 대단하겠다고 했더니 멕시코에서는 1년 전 결혼식을 정하는 게 일반적이라고 한다. 왜냐하면 교회에서 결혼을 하는 것이 관례이기 때문에 원하는 날짜에 원하는 교회에서 결혼하려면 그렇게 일찌감치 서둘러야한다는 것이다. 호텔에서 결혼식을 하기도 하지만 그곳에서 하더라도 교회에 가서 하는 결혼식을 따로 해야 한다. 그러면서 멕시코 사람들은 누구나 일생에 3번은 의무적으로 교회에 가는데, 그것이 태어나서 세례 받으러 한 번, 결혼할 때 한 번, 그리고 장례식 때 한 번이란다.

구스따보도 아침에 교회에서 예식을 치른 후 다시 한 호텔에서 예식과 파티를 하는데, 파티는 밤새도록 이어질 예정이라고 했다. 완벽주의자 따보가 준비한 파티이니 분명 대단하긴 할 것이다. 까딸리나는 출국 날짜를 연기하면 안되냐며, 안따까워 어쩔 줄 모른다. 미안하다 친구야.(-.-)

따보는 예식을 마치고 신혼여행으로 크루즈여행을 떠난다. 미국의 마이애미로 가서 크루즈를 타고 캐리비안의 섬들을 다니는 15박 16일의 환상여행. 그는 이번 결혼식과 신혼여행으로 대략 제 연봉의 반을 쓸 예정이라고 했다. 우리나라에서도 이 정도면 초호화판 결혼식이다. 부럽기도 하고, 좀 아깝기도 하다. 하지만 그는 절대 사치스러운 사람이 아니다. 단, 일생의 한 번 뿐인 결혼식을 최고의 결혼식으로 만들고 싶은 완벽주의자일 뿐이다.

따보는 우리를 이층에 있는 자기 방으로 데려갔다. 벽이 온통 파랗고 노랗게 칠해져있다. 그가 열렬히 사랑하는 몬떼레이 축구팀의 로고 칼라란다. 진정한 축구광이다. 그래픽 디자이너인 여자친구가 생일때 직접 만들어준 생일 축하 플랭카드가 벽에 걸려있고, 그녀와의 다정한 사진도 침대 머리맡에 놓여 있다. 따보는 앨범을 꺼내어 우리가 6년 전에 함께 한 시간들이 담긴 사진을 보여주었다. 6년 전의 나와 그와 우리의 친구들이 거기 있었다. 그때의 즐거웠던 기억들을 함께 떠올리며 이야기 꽃을 피웠다.

그 앨범에는 당시 그의 약혼녀였던 신띠아(알렉스 와이프랑 이름이 같다)도 있었다. 천사처럼 착하고 아름다웠던 신띠아. 소피아와 나에게 예쁜 멕시코 인형을 선물했던 그녀는 5년 전 암으로 세상을 떠났다. 구스따보는 오랜 연인이었던 그녀를 잃고 꽤 오랜 시간을 힘들게 보냈다. 새로운 여자를 만나더라도 자기도 모르게 신띠아와 비교하게 되고, 그런 자신을 견디지 못하고 다들 떠나갔다고 한다. 결혼 전날인 오늘, 그는 신띠아의 묘에 다녀왔다고 했다. 아마도 이제서야 그녀와 작별인사를 한 모양이다. 결혼을 앞둔 따보의 행복한 그의 미소 속엔 이렇게 아릿한 아픔이 있다.

"구스따보, 신띠아도 네가 행복하길 바랄거야. 너의 완벽한 결혼식 만큼, 아니 더 많이 행복해지길 내가 기도할게."

#마리아치, 그들은 누구인가

by Catalina

플라야 델 까르멘에서 마지막 날 아침. 바다를 떠나는 것이 아쉬워 아침 일찍 일어나 아직 누워 있는 롤리를 두고 바다로 나갔다. 멀리 해변을 달리는 사람이 보일 뿐 아무도 없었다. 아침인데도 바다는 따뜻하고 순하게 나를 받아 주었다. 언제 다시 올 수 있을까. 할머니 같은 생각을 하며 느리게 느리게 수영을 했다. 바다에서 나와 몸의 물기를 말리고 있는데 사진을 찍고 있는 롤리가 보였다. 소리 내어 부르지 않았다. 혼자 있는 시간도 필요하니까.

우리는 다시 해변을 떠나 비행기를 타고 몬떼레이로 가야 했다. 이번 여행을 시작할 빌미를 준 구스따보를 만나러 가는 길이었다.

구스따보 엄마네 집에서 3시간쯤 기다리니 그가 왔다. 그는 결혼식 리셉션에 쓸 물건들을 사러 다녀야 하고, 자정에는 약혼녀의 집에 마리아치

들과 함께 가서 세레나데를 불러야 하는데 자기와 같이 다니겠냐고 물었다. 멕시코에서는 결혼식 전날 여자집 앞에서 세레나데를 부르는 것이 관습이라고 했다. 나는 마리아치들이 세레나데를 부른다는 소리에 귀가 팔랑해져 그러겠다고, 따라가도 되는 곳이냐고 기쁘게 대답했다. 한 밤의 마리아치 세레나데! 무척 낭만적인 상상이 됐다.

그는 롤리와 주변 사람들 말에 의하면 완벽주의자였다. 그가 그렇게 바쁜 이유도 그의 성격에서 기인한 것이었다. 게다가 바쁜 와중에 한국에서 친구까지 왔으니……. 완벽주의자인 그는 결혼식 리셉션에 쓸 물건을 사는 방법도 남과 달랐다. 애피타이저로 먹을 사탕은 Sam' market에서 사고, 비누와 약은 Wal mart에서 사고, 꽃은 Gigant에서 사면서 몬떼레이에 오자마자 우리에게 마트관광을 시켰다. 산 물건을 집에다 갖다 놓고 세레나데를 위해 샤워를 하고 구스따보는 우리와 함께 약혼녀의 집으로 향했다.

구스따보의 집은 말안장 모양을 한 산 바로 밑에 위치하고 있어서 야경이 좋았다. 집 아래에 펼쳐진 전등들의 잔잔한 바다가 뭔지 모를 그리움을 주었다.

약혼녀의 집에 가는 길에 마리아치 정거장에 들렀다. '마리아치 정거장' 에는 삼삼오오 마리아치들이 모여 손님을 기다리고 있었다. 그들 대부분은 우리가 흔히 아는, 나비넥타이에 복대를 두른 의상을 입고 악기를 들고 연습을 하거나 잡담을 나누고 있었다. 그 모습이 내게 새벽 인력

시장에 나와 있는 노동자들을 연상 시켰다. 구스따보는 거기서 어디론가 전화를 했고 곧 마리아치를 태운 것으로 보이는 봉고가 나타나 우리를 따라 구스따보의 약혼녀 집 앞에 이르렀다.

구스따보는 매우 긴장해 있었고 롤리와 나는 이제부터 펼쳐질 자정의 사랑노래에 잔뜩 기대를 하고 있었다. 하늘에는 밤 달이 언덕 위의 집을 잘 비추려고 희게 빛나고, 이틀 후면 결혼을 하는 새신랑은 자신의 가슴만큼이나 붉은 장미를 안은 채 모든 것이 완벽하기를 바라고 있었다.

그 때 뒤따라오던 봉고차의 밀문이 드르륵 열리면서 숨 죽이고 있던 우리의 시선을 끌었다. 봉고는 이제 달빛 아래서 보니 상당히 낡은 것이었다. 페인트칠이 군데군데 벗겨지고 뒤 범퍼에는 사고의 흔적이 그대로 남아 있었다. 밀문을 열고 나오는 그들은 말쑥하게 잘 차려 입은 광나는 영화 속, 또는 어느 호텔 식당에서 노래하는 마리아치들과는 거리가 멀었다.

악기를 챙기느라 엉덩이부터 엉거주춤하게 차를 빠져 나와 한 밤의 분위기와는 전혀 다르게 큰소리로 서로를 불러 뭔가를 의논했다. 하나 둘씩 차를 빠져 나온 그들은 모두 7명. 단체의상을 입고 있었다. 작고 낡은 봉고에서 대부분 배가 나온 마리아치들이 7명이나 나와 놀랬다. 게다가 악기까지 각자 들고 있으니 그들이 처음부터 차에서 우아하게 내릴 수는 없었던 것이다.

나는 일단 그들이 배가 많이 나온 아저씨들이라는 것에 약간 실망을 했고 그들 모두에게서 정도의 차이는 있었지만 술 냄새가 난다는 것에 놀랬다. 그들 중 가장 취기가 완연한 사람은 트럼펫 연주자였는데, 신기하기도 하고 놀랍기도 해 입을 헤벌리고 있는 우리에게 다가와 명함을 내밀었다. 마

리아치가 필요하면 자기네를 불러 달라면서 준 명함에는 '아즈테카 마리아치' 라는 팀 이름과 전화번호, 해 줄 수 있는 서비스와 수표는 안 받는다는 문구가 쓰여 있었다. 생활인으로서의 마리아치를 본 날이었다.

은밀하고 갑작스럽게 한 밤의 세레나데가 울려 약혼녀를 놀라게 하고 싶었던 구스따보의 기대와는 달리 마리아치들은 각자 조율을 위해 소리를 내기 시작했다. 바이올린들이 '찌이잉', 기타가 '띠옹', 트럼펫들이 '뿌우웅', 기타 비슷한 것이 '토오옹', 더블베이스 비슷한 것이 '두두둥' ……. 이러다 동네 사람 다 깨울까 겁이 났다. 확실히 상상속의 마리아치들은 아니었다. 구스따보는 그들을 지휘해 약혼녀의 문 앞에 서게 하고 큐 사인을 내렸다.

달밤에 울리는 사랑의 세레나데라고는 믿을 수 없는 큰 소리가 한꺼번에 나오기 시작했다. 금관악기의 소리가 고통스럽게 관을 빠져나와 뿌우욱 거리는데 그 소리보다 더 큰소리로 기타연주자가 노래를 하기 시작했다. 뭔가 감미로운 노래가 나올 것으로 예상했던 나는 이상과 현실의 괴리를 느꼈다. 노래는 세 곡째로 이어지고 있었고 약혼녀의 방 창문은 열리지 않았다. 우리의 구스따보는 여전히 꽃을 가슴에 안은 채 문 앞에서 서성이고 있었다.

'노래가 이상해서 안 나오는 게 아닐까? 너무 피곤해서 자나? 아니면 처녀파티라도 하러 어디 가버리고 집에 없는 게 아니야? 마음을 바꿔 결혼 안 하기로 했나?'

나는 혼자 불안하여 별별 생각을 다 하고 있었다. 롤리는 약혼녀가 나오는 순간을 찍기 위해 파파라치처럼 카메라를 들고 벼르고 있었다. 세 곡 중간쯤에 그녀가 모습을 드러냈다. 그녀가 집에 있었다는 것에, 그리고 이제 마리아치들의 노래와 연주가 끝날 것이라는 것에 나는 안도했다(나중에 알고 보니 원래 두곡까지는 집 안에서 들어주는 것이 관례라고 했다). 구스따보는 자다 나온 그녀에게 꽃을 바쳤고, 둘은 다정한 키스를 했다. 롤리는 특종기자처럼 셔터를 눌러 댔고 마리아치들의 노래와 연주는 그치지 않았다. 여자가 나오면 노래를 그치리라는 생각은 잘못된 것이었다. 마리

아치들은 이제 스스로 배경음악이 되어 연인들의 속삭임을 완벽히 지키고 있었다. 두 대의 트럼펫은 번갈아 가며 불협화음을 조장하고 있었고 가수는 가래에 잠긴 까칠한 소리로 열심히 노래하고, 나는 전국노래자랑을 보는 기분이 되어 괜히 부끄러웠다.

그래도 우리의 연인들은 한 치의 흐트러짐 없이 밀어를 속삭이고 키스를 나누고 서로의 눈빛에 빠져 있었다. 가끔 롤리를 향해 포즈를 취하는 것도 잊지 않아 베스트 포즈들을 쏟아냈다. 결혼식 야외촬영을 벌써 했구나 싶었다. 연인들에게는 마리아치들의 소리가 안 들리거나 전혀 방해가 안 되는 모양이었다. 연인들은 밀도 높은 애정행각을, 술기운이 돈 마리아치들은 헐겁게 노래와 연주를 했다. 롤리는 연신 카메라 셔터를 누르고, 나는 남의 애정행각을 지켜봐야하는 불편함과 자꾸 삑사리를 내는 트럼펫에 신경이 쓰여 어서 세레나데 의식이 끝나기만을 바라고 있었다.

이만하면 됐다 싶었는지 가수를 바꾸어 가며 계속 노래를 하던 마리아치들이 노래와 연주를 그쳤다. 노래보다 연인들의 애정행각은 조금 늦게 끝이 났다. 마리아치들은 다시 작고 낡은 봉고에 올라타고 달빛을 안내자 삼아 언덕을 내려갔다. 그들의 봉고를 눈으로 쫓다가 저들의 노래가 작은 봉고 안에서도 울려 퍼질까 궁금했다. 그랬으면 좋겠다는 생각이 들었다. 멋진 옷이나 비싼 악기는 없어도, 좋은 음악학교 졸업장은 없어도, 한 번 흥이 나서 노래와 연주를 하기 시작하면 끝까지 노래할 수 있는 그들이기를 바랐다.

무엇보다 구스따보와 약혼녀의 밀어가 영원하기를 바랐다.

오역의 선물 증정

사실 '자정의 세레나데' 이벤트 2시간 전, 구스따보는 약혼녀에게 밤 인사도 하고 우리도 소개하고 싶다며 약혼녀의 집으로 갔었다(이 방문으로 약혼녀는 구스따보가 자정에 다시 올 것이라고는 생각하지 못하게 된다. 완벽한 구스따보의 작전이었다). 우리는 서울에서 사 온 선물을 들고 그를 따라 나섰다. 약혼녀와 인사를 나누고 선물을 내밀었다.

갓 결혼한 신랑이 고개를 외로 틀고 앉은 수줍은 신부의 족두리를 푸는, 첫날 밤 그림이 그려진 족자다. 우리는 한국의 전통 의복과 결혼 풍습에 대해 말해 주었다. 약혼녀는 선물뿐 아니라 포장지까지 관심을 보이며 포장지에 뭐라고 써 있는 것이냐고 물었다.

포장지는 인사동에서 산 것인데 우리나라 고어로 뭔가 잔뜩 적혀 있었다. 아마도 용비어천가나 훈민정음 정도 돼 보였다. 조금 당황스러웠지만 나는,

"으, 응…… 그러니까…… 새미 기픈 물은…… 아, 너의 가정이 물가에 심은 나무처럼 항상 풍요롭고 번창하고 행복하기를 바란다는 뜻이야."

사실 포장지에 딱히 그 부분이 적혀 있었던 건 아니지만 뭔가 좋은 말을 해주고 싶어서 거짓말을 했다. 내친 김에 더 나아가서

"그리고 너희가 결혼하는 음력 8월 15일은 한국의 제일 큰 명절인데, '더도 말고 덜도 말고 한가위 같기만 해라' 는 말이 있을 정도로 좋은 날이야. 그날 밤엔 일 년 중 가장 크고 밝은 보름달이 뜨는데…… 어쩌구 저쩌구…… 보름달을 보고 소원을 빌면…… 어쩌구 저쩌구…… 정말 로맨틱하지…… 어쩌구 저쩌구…… 비록 너희 결혼식은 못 보고 가지만 지구 반대편에서 보름달을 보며 너희의 행복을 빌게…… 어쩌구…… 너희도 달을 보고 우리 생각해…… 저쩌구……."

약소한 선물(서울에서 선물을 살 때는 꽤나 신경 써서 샀는데도 친구들이나 부모님께 선물을 드리려고 하면 늘 부족한 것 같았다)을 말로 때우려는 듯, 짧은 영어로 최대한 로맨틱한 상상을 하게 하려고 했다. 아무려나, 그 둘은 행복해 보였다. 내 긴 설명을 듣는 동안 그들은 손을 꼭 잡고 촉촉한 눈을 하고 있었다.

몬떼레이 _ 멕시코에서 가장 부유한 도시다. 대부분의 글로벌 기업이 이곳 몬떼레이에 있어 그만큼 일자리도 많다. 수도인 멕시코시티에는 오히려 본부만 두고 있는 곳이 많다고 한다. 그런 이유로 국제전시회나 국제회의 등이 많이 열린다. 또 미국의 텍사스와 거의 맞닿아 있다시피 해서 미국의 모든 문화와 산업이 이곳을 통해 멕시코로 들어온단다. 문화적으로도 다양한 볼거리가 있는데 몬떼레이 푼디도라 공원(Parque Fundidora), 멕시코 역사박물관(Museum of Mexican History), 현대 미술관(MARCO) 등이 유명하다. 특히 푼디도라 공원은 용광로가 있던 제철소 부지를 공원화한 것인데 여러 제철소 시설들을 그대로 활용하고 상징적으로 표현하여 이색적인 공원으로 탄생했다. 대규모 산업유산보전지역으로 철강박물관, 자동차 경주 경기장, 인공호수, 어린이용 놀이터, 컨벤션센터, 호텔, 세서미 스트리트 파크 등 다양한 문화시설을 갖추어 매년 200만명이 넘는 관광객이 찾는 곳이다. 참고로 사진은 현대 미술관 내부이다.

#그리고 또 다시 마지막 날

by Catalina

닭과 개소리, 또르띠야 사라는 장사치들의 외침에 여기가 어딘가 어리둥절 잠을 깼다. 몬떼레이, 구스따보 엄마 집에서의 아침은 서울 변두리의 아침인 듯 제법 익숙한 소리를 지녔다.

내일 결혼을 하는 구스따보는 여전히 바빴다. 마사지도 받아야 하고 턱시도도 챙겨야 하고 롤리와 나도 챙겨야 했다. 그는 우리를 몬떼레이 시내에 내려 주면서 미술관과 시내를 구경하고 있으면 저녁에 다시 태우러 오겠다고 했다. 몸도 마음도 바쁜데 우리를 세심하게 챙기기까지 해 주니 고마울 따름이었다.

우리는 먼저 '프리다 깔로' 전이 열리고 있는 현대미술관으로 갔다. 멕시코시티에 있을 때, 그곳 미술관에서 '프리다 깔로' 전이 열렸었는데 우리가 도착하기 하루 전에 끝나 길거리에 가득한 포스터만 보고 전시회를 못 봤었다. 조금 아쉬웠지만 대신에 그녀의 집을 가보는 것으로 아쉬움을 달래자 싶었다. 그녀의 집은 꼬요와깐이라는 곳에 위치하고 있었는데 한 번은 개관시간을 못 맞춰서 못 갔고, 한 번은 이층 투어 버스를 타고 가다

가 비를 만나는 바람에 못 갔었다. 그런 안타까운(?) 인연을 가진 그녀가 몬떼레이까지 우리를 따라 왔으니 전시장에 안 갈 수가 없었다.

프리다의 강렬함은 좋아하지만 그 강렬함이 고통에 대한 것이라서 기꺼이 보기에는 좀 부담스럽다고 생각하고 있던 나는 그녀의 다른 작품들—고통을 정면으로 애기하지 않는—을 만날 수 있어서 좋았다. 그 중 가장 맘에

들었던 건 그녀의 20년대 초기 그림들이었다. 주로 풍경이나 주위 사람을 그린 작품들은 간단하고 투명하고 귀여운 면이 있었다. 그리고 30년대에는 그 유명한 자화상 시리즈들. 자신의 고통에 대해서, 자신에 대해서, 자신이 고통을 느끼는 방법에 대해서 그리고 있어 그림은 전보다 강렬하고 찐득해 보였다. 대부분 끔찍하고 적나라하고 노골적인 그림들이었다. 40년대에 이르러 그녀는 상징적으로 성을 묘사하는 정물화를 많이 그려 놓았다. 과일과 열매들의 벌어진 붉은 속살은 여전히 상처를 기억하고 치유하고 있는 그녀 자신에 대한 또 다른 자화상으로 보였다. 그녀는 처음엔

바깥을 보고, 다음엔 자신을 보고, 나중엔 바깥을 통해 자신을 보고 있는 것 같은 느낌을 주었다. 예술가의 삶 자체가 그대로 예술이 되는 것을 '프리다 깔로' 전을 보고 느꼈다.

전시회가 열리고 있는 멕시코 현대미술관도 나에게는 꽤 예술적 공간으로 다가왔다. 빨강, 노랑, 파랑으로 면과 색을 단순 구분해 놓은 그 곳은 추상화를 연상시켰다. 작품을 보고 기념품가게에서 그녀의 그림이 박힌 연필, 자, 티셔츠, 냉장고 자석, 책 등 자질구레한 물건들을 샀다.

다음으로는 내가 무척 좋아하는 걸어서 시내 구경하기. 몸이 다른 사람보다 월등하게 튼튼한 나는 한없이 걷는 걸 좋아해서 롤리가 종종 버거워했다. 토론토에서는 나를 따라 걷고 또 걷던 그녀의 발에 피가 난 적도 있었다. 그래도 나는 여행의 백미는 역시 사람들 틈에 섞여 걷는 것이라고 생각한다. 관광객 티를 내며 이층 투어 버스를 타는 건 어쩐지 부끄러웠다.

몬떼레이 시내에는 새 건물을 짓지 못하게 법으로 정해 놓은 옛 거리가 있었다. 아기자기 오래된 건물들이, 오래된 것을 치장하거나 가리지 않고 모여 있었다. 그 아담하고 따뜻한 거리를 걷다가 인공 강이 있는 푼디도라 공원을 걷게 됐다. 만든 지 얼마 안 되는 듯, 시민들도 관광객과 함께 강가를 걷고 있었다. 청계천이랑 비슷하다며 신기해하는 우리를 한 무리의 중학생들이 따라 왔다. 동양인이 신기한 듯 계속 따라 오면서 인사말을 건네고 사진을 함께 찍자고 했다. 졸지에 우리는 무슨 스타라도 된 듯 청소년에 둘러 싸여 함박웃음을 지으며 모델이 되었다.

강에는 곤도라가 다녔다. 우리가 좋아하는 공짜였다. 안 탈 수 없었다. 곤도라는 강의 상류에서 하류까지 손님을 실어 나르며 몬떼레이에 대해서, 강에 대해서 안내해 주었다. 건너편 강 곤도라에서 아까 그 중학생들이 우리를 알아보고 손을 흔들었다. 마주 흔들어 주었다. 곤도라에서 내려서는 공사장 인부들이 타는 작은 차를 얻어 탔다(공항이나 골프장에 있는 것 같은 지붕 없는 차). 역시 우리가 신기한지 아저씨들이 흔쾌히 태워줬다. 발을 대롱거리며 공사 차에 앉아 편하게 이동하는 우리를 사람들이 많이 쳐다봤다.

구스따보가 우리를 데리러 와 그의 신혼집과 그의 회사를 구경시켜 줬다. 우리는 그에게 어머니 집으로 가기 전에 집 앞 마트에 내려 달라고 부탁했다. 롤리는 그녀의 딸을 위해, 나는 남편을 위해 사고 싶은 것들이 있었다. 롤리는 챔을 위해 온통 공주, 공주, 공주풍의 물건을 사고 나는 남편에게 멕시칸 음식을 해주고 싶어서 후리홀레스와 살사, 또르띠야를 샀다. 그리고 내가 좋아하는 단맛밖엔 없는 디저트들도 샀다.

아침 일찍부터 부지런을 떨고 다니다 엄마네 집에 돌아오니 밤 9시였다. 이제 구스따보의 결혼식은 코앞에 있었고 우리는 내일 새벽에 토론토로 가는 비행기를 타야했다. 구스따보의 결혼식을 못 보고 멕시코를 떠나는 것이었다. 엄마네 집엔 구스따보의 누나와 매형이 와 있었다. 근처 식당에서 사 온 음식으로 가족들과 함께 저녁을 먹었다. 누나와 매형은 판사에, 동생은 의사에, 자신은 회계사에, 구스따보네는 빵빵했다. 구스따보는 그때까지도 바빴다. 손님들 리스트를 다시 정리하고 내일 새벽 우리가 공항

까지 타고 갈 차량도 준비해야 한다며 한 손엔 전화기를 들고 이층과 일층을 오르락내리락 하고 있었다. 저렇게 바쁜 새신랑이 또 있을까 싶었다. 그렇게 가족끼리 조용히 결혼식 전날 밤이 저무는가 했는데 근처에 사는 구스따보 엄마의 8번째 동생이 왔다. 그의 이름은 후안이고 같이 온 부인은 로레나였다. 그들이 오기 전엔 조용했던 집에 갑자기 활기가 돌았다. 에너지가 시간과 상관없이 넘치던 그 부부는 단번에 집을 파티 분위기로 만들었다. 조용하시던 엄마도 막내 동생의 출현이 반가우신지 갑자기 목소리가 높아지고 자주 웃으셨다. 결혼 10년차라는 그들은 시월이나 십일월쯤 영어를 가르치러 태국으로 간다고 했다. 부부는 태국에서 한국이 가깝지 않냐며 일을 하다가 휴가를 내어 꼭 한국에 오고 싶다고 했다. 우리

는 기꺼이 오라고 말하며 mi casa, tu casa라고 말해 주었다. 후안은 데낄라를 마시겠냐고 묻더니 자기 집으로 다시 가 데낄라를 가지고 왔다. 그가 만들어 주는 데낄라 팔로마(데낄라에 레몬과 탄산음료를 섞은 것)를 홀짝거리며 멕시코에서의 마지막 밤을 맞았다. 여전히 바쁘던 구스따보는 새벽에 우리를 태우러 올 차를 구했다며 한 시름 놓은 표정을 했다. 우리는 결혼 전날 너무 피곤하면 좋지 않으니 쉬라고 말하고 먼저 자러 간 구스따보 없이도 계속해서 가족들과 팔로마를 마시며 결혼식에 참석 못하는 아쉬움을 풀었다.

새벽 한 시쯤 누나네와 후안 부부가 가고 어머니와 여동생도 자러 가고, 아버지는 진즉에 주무시고 새신랑도 자는 집은 조용했다. 우리도 조용히 짐을 챙겼다. 빠짐없이 챙기고 확인하고 침대에 롤리와 나란히 누웠다. 눈을 감았다 뜨면 집이었으면 얼마나 좋을까 우리는 얘기했다. 아니면 여기서 바로 한국으로 가는 비행기라도 있으면 얼마나 좋을까? 다시 멕시코시티에서 토론토로 가고, 거기서 한국행 비행기를 타야하니 우리의 여행은 아직 끝이 아니었다. 다만 끝나가고는 있었다. 토론토에서 멕시코시티, 산 루이스 포토시, 멕시코시티, 플라야 델 까르멘, 몬떼레이, 다시 멕시코시티로 갔다가 토론토로. 짧은 시간 안에 남의 나라를 여기저기 다닌 것이 생각해 보면 어이가 없기도 했다. 혼자였으면 두려워 엄두도 못 냈을 여행을 롤리 덕분에 하고 있었다. 그녀에게 고마울 뿐이었다.

후안부부

#이번엔 다르다

by Catalina

새벽 5시에 일어나 구스따보 엄마가 끓여주신 커피로 정신을 차리고 집을 나섰다. 구스따보는 부스스 일어나 공항까지 같이 못 가서 미안하다고 했다. 하지만 누가 오늘 결혼하는 사람에게 공항까지 배웅해 달라고 할 것인가. 결혼식에 참석 못하고 가야 하기에 미안한 건 우리였다. 다시 한 번 멕시칸들이 벌이는 1박 2일 파티를 경험하고 싶었지만 한국에서 추석이, 가족이 기다리고 있었다. 다시 만날 것을 의심하지 않고 작별인사를 했다.

오전 9시 30분에 멕시코시티 공항에 도착해 토론토 행 비행기 탑승수속을 밟는 도중 문제가 생겼다. 처음 멕시코에 들어 올 때 준 immigrant card를 보여 달라는 것이었다. 그것이 없으면 출국을 못한다고 했다.

손가방 속을 뒤졌다. 없었다. 뭔가를 간직하고 있으라고 주의를 받은 기억도 없었다. 출입국심사원은 출입국사무실에 가면 새로 만들어 줄 것이니 그리로 가라고 별일 아니라는 듯 말했다. 무엇이든지 버리지 않고 어딘가에 놓아두는 버릇이 있는 롤리는 손가방을 확 뒤집고 난 후에 카드를 발견해 별 문제가 없었다.

어젯밤에 먹은 변비약 때문에 꼬르륵 쇄쇄 아픈 배를 움켜쥐고 사무실로 찾아갔다. 출입국사무실에서는 45달러를 주면 immigrant card를 새로 만들어 준다고 했다. 뒷골이 확 댕겼다. 생돈 4만 5천원이 날아가게 생겼다. 내 서바이벌 영어가 폭발했다.

"그 카드가 어떤 카드인지 말해 주지 않았다. 꼭 있어야 하면 한마디 주의라도 줘야 할 것이 아니냐?"

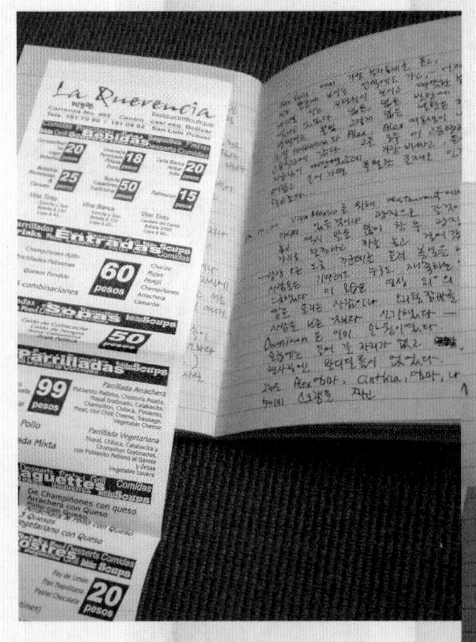

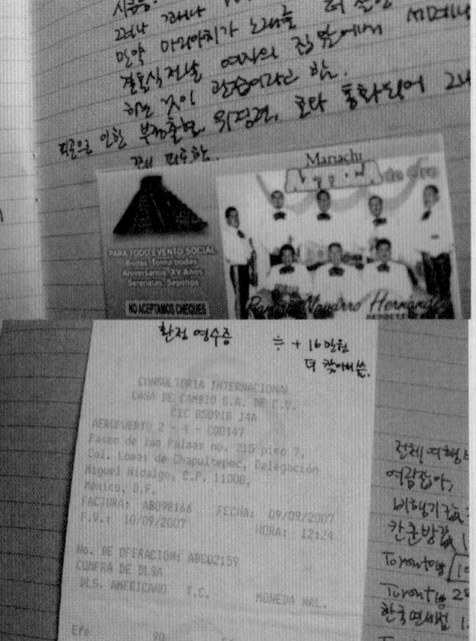

사무실 직원은 내 태도에 흠칫 놀라더니 잠깐 기다리라며 어딘가로 사라졌다. 안전요원이라도 부르러 간 것인지. 그가 간 사이 나는 여행 가방을 열어 뒤지기 시작했다. 나도 어딘가에 있을지도 몰랐다. 절박한 심정으로 여행기를 적던 공책을 폈다. 멕시코여행 첫날을 기록한 면에 immigrant card가 떡~하니 붙어 있었다. 기뻤다. 여행기를 차곡차곡 쓴 내가 대견스러웠다. 버스표며 전철표, 길거리에서 나눠 주는 광고지까지 다 붙여 놓은 공책이 자랑스러웠다. 그것들을 공책에 붙들고 있는 스카치테이프도 예뻤다. 카드를 척~소리 나게 테이블에 놓으며 지켜낸 45달러로 캐나다에 가서 랍스터라도 먹을까 생각했다.

일을 해결하고 나니 맹렬히 배가 아팠다. 3번의 화장실 출입으로 성난 배를 가라 앉혔다. 변비와 설사, 위경련은 내내 나와 함께 여행했다.

토론토로 가는 비행기 안에서는 롤리가 옆에 앉은 멕시칸의 입 냄새 때문에 심한 고통을 받았다. 통로 쪽에 앉은 그는 창밖이 보고 싶어서 가운데 앉은 롤리 쪽으로 몸을 자꾸 기울였다. 그가 숨을 쉴 때마다 엄청난 입 냄새가 공격 해와 롤리는 담요를 정수리 끝까지 덮고 괴로워했다. 그에게 껌을 권해봤지만 효과는 없었다. 롤리의 고통을 조금이라도 덜어주고자 나는 가만히 비행기 창문을 닫아버렸다. 실망하는 그를 보자 차라리 자리를 바꿔줄 걸 그랬다는 생각이 들었다.

두 번째로 온 토론토에서 우리는 예전과는 다른 모습을 보였다. 비싼 물가를 겁내기보다 불친절하고 비싼 토론토에서 외화를 낭비하지 않겠다는 새로운 각오를 했다. 수동적인 입장에서 적극적인 입장으로 바뀐 것이다.

우리는 먼저 여행 가방을 공항 store service에 6달러씩 주고 맡겼다. 비행기 시간 때문에 하루를 토론토에서 묵어야 하는데 하루 묵을 호스텔에 큰 가방을 들고 가면 불편할 것 같아서였다. 여행 가방을 맡기자 몸이 가벼워졌다. 밤이 늦었지만 걱정은 안 했다. 토론토 길은 알 만큼 알았다. 택시를 탈 필요도 없이 버스와 지하철을 타고 예약해 둔 호스텔을 찾아갔다.

밤 10시가 넘은 호스텔에는 관계자가 아무도 없었다. 불현듯, 처음 묵었던 호스텔의 기억이 떠올랐다. 그래도 한 번 겪은 터라 아무려나 하룻밤만 자면 그만이다 라는 생각에 조금 느긋할 수 있었다. 아무도 없는 호스텔 데스크의 안내대로 매니저에게 전화를 했다. 그는 우리가 너무 늦게 왔다면서 조금만 기다리면 자신이 가겠다고 했다. 호스텔은 일단 깨끗했다. 그것으로 족했다. 30분후 나타난 데니라는 매니저는 정말 친절하고 밝은 사람이었다. 조목조목 주의사항을 알려주고 아침식사는 맘대로 먹어도 되니 서두르지 말라고 당부했다.

그러나 문제는 있었다. 처음 우리가 예약했던 여성 8인실에 빈자리가 없었다. 예약 도중에 날짜를 바꾼 일이 있었는데 그 때 뭔가 착오가 생긴 것 같았다. 호스텔에 남아 있는 방은 혼성 5인실뿐이었다. 혼성? 이미 그 방에는 남자 세 명이 자고 있다고 했다. 우리의 난감한 표정을 보고 데니는 다른 방법이 있다고 제안했다. 현재 호스텔에서 공동 거실로 쓰고 있는 곳을 침실로 만들어 주겠다는 것이었다. 공동 거실에는 커다란 소파가 있었는데 그걸 펴니 침대가 됐다. 깨끗한 시트와 베개도 갖다 주고 거실 문 앞에다는 '출입금지' 라는 글도 써 주었다. 조금 후 옥상에서 생일파티가 있는데 오고 싶으면 오라고 말하고 데니는 사라졌다. 침실로 변한 거실은 웬만한 호텔 정도는 돼 보였다. 게다가 바깥은 공원과 CN타워도 한 눈에 보였다. 모든 것이 처음에 잤던 호스텔과는 달랐다.

사소한 문제는 씻는 것이었는데 할 수 없이 남자들이 자고 있는 방의 욕실을 써야했다. 롤리와 나는 조용히 남자들이 자고 있는 방으로 들어갔다. 한 사람은 자고 있고, 한 사람은 컴퓨터를 하고 있고, 수염이 덥수룩한 아저씨는 책을 보고 있었다. 어색해 땅만 보며 들어가 욕실로 직행했다. 문 바깥에 남자들 셋이 있는데 문 안에서 다 벗고 씻으려니 마음이 자꾸 조급해졌다. 조바심을 내는 내가 촌스러운 듯해 짐짓 여유 있는 척을 해 봤지만 오래 가지는 못했다. 설렁설렁 물을 묻히고 나와 버렸다.

그나저나 오늘 열린다는 생일파티는 없는 모양이었다. 옥상엔 아무도 없었고 호스텔 사방이 조용하기만 했다. 롤리는 생일 파티에 가보고 싶어 했는데…… 나는…… 더 이상 모르는 사람을 만나고 싶지 않았다. 롤리의 이번 여행 목적은 사람들을 만나는 것이었고 내 목적은 사람을 피하는 것이어서 가끔 둘 사이에 침묵을 만들어 냈다.

씻고 거실로 돌아와 그냥 자려니 뭔가 아쉬웠다. 그래도 여행의 마지막 날인데 술이라도 한 잔해야 될 것 같았다. 감정 기복이 심한 나와 같이 다니느라 고생한 롤리에게 고맙다는 말도 전하고 싶었다. 호스텔 앞에 있는 24시간 편의점이 생각나서 롤리에게 나가자고 했다. 거기서 술과 안주를 좀 사서 공원에서 먹든지 호스텔에서 먹든지 할 생각이었다.

그러나 편의점에 술은 없었다. 미국이나 캐나다는 알코올 전문 가게가 따로 있다는 것을 깜박했다. 한 번 술 생각이 나자 먹고 싶어 근처 술집을 찾아 자정이 넘은 토론토 거리를 걸었다. 늦은 시간인데도 주말이라 거리에 사람들이 꽤 있었고 술집에는 더 많은 사람들이 있었다. 빈자리는 없었다. 다시 편의점으로 돌아와 우유, 커피, 과자를 샀다. 삼각 김밥부터 속옷까지 다 있는 한국의 편의점이 눈에 아른거렸다. 술 먹고 싶을 때 자다가 일어나서도 술을 먹을 수 있는 우리 동네 삼겹살 냄새가 그리웠다.

주전부리로 배고픔과 뭔지 모를 허함을 달랬다. 롤리에게 뭔가 근사한 말을 하고 싶었지만 쉽지 않았다. 쑥스럽기도 하고 그런 형식이 뭐 중요하겠냐 싶기도 했다. 우리는 각자의 집으로 돌아가서도 계속 만날 것이고, 간간히 메신저도 할 것이다. 스무 살 때나 지금이나 우리는 그리 호들갑스럽게 재재거리는 친구는 아니었다. 그것이 그녀와 나의 방법이었다.

#3초 안에 잠들라

by Catalina

술집을 찾아 헤매다가 실패하고 호스텔에서 주전부리를 하던 여행의 마지막 날. 그 날을 잊을 수 없는 건 엄마로서의 롤리를 보았기 때문이다.

주전부리를 하던 우리는 자기 전에 각자의 집에 전화를 하기로 했다. 여행 내내 나는 집에 연락을 자주 하지 않았다. 형편이 닿으면 가끔 메일을 보내거나, 롤리가 연락하는 편으로 내 안부도 전해지려니 했다.

긴 통화 연결음 끝에 잠에 붙들린 남편의 목소리가 들렸다. 그의 목소리가 가장 듣기 좋을 때는 위경련으로 배가 딱딱해져 있을 때나, 잠이 안 올 때였다. 나는 늘 그의 목소리를 들으면 말랑해지는 나를 느끼곤 했다. 이제 곧 집에 가면 그 곁에서 뼈와 살이 녹아 붙도록 잠을 자야지 하는 엉뚱한 생각을 하고 곧 보자며 전화를 끊고 롤리에게 내어 주었다.

먼저 방으로 들어 와 있자 조금 후에 롤리가 들어 왔다. 그녀의 얼굴이 조금 앞으로 쏠려 보였다. 쭌은 잘 있는지, 챔(롤리의 딸 애칭)은 어떤지 물었다.

"채민이가 사랑한대."

말을 끝내지도 못하고 왈칵 눈물을 쏟았다.

순간 나는 그녀의 눈물에 적잖이 당황해 '누가 일부러 생이별 시킨 것도 아닌데 왜 울어?' 라는 참으로 친구답지 않은 생각을 했다. 롤리는 채민이가 자기를 보고 싶어 할까봐 일부러 채민이와 통화를 하지 않는다고 말했었다. 그런데 이제 보니 롤리, 그녀가 딸이 너무 보고 싶어질까봐 통화를 안 한 모양이었다.

"아, 어서 가야지. 말을 엄청 잘한다. 많이 컸나봐. 어서 자야지."

롤리는 그리움이 가득 묻어나는 목소리로 그렁그렁 말했다.

그래, 어서 자야지, 그래야 아침이 되고, 그러면 비행기 탈 시간도 빨리 올 거야. 롤리, 딸이 그렇게 보고 싶은 거야? 아니면 나랑 한 여행이 힘들어서 감정이 복받친 거야? 묻고 싶은 것이 많아 입술을 떼려는 순간 그르렁그르렁 소리가 들렸다. 롤리의 코고는 소리였다.

놀라웠다. 3초전에 닭똥 같은 눈물을 훔치고 있었는데, 보고픔에 겨운 긴 한숨을 쉬고 있었는데 그 3초 후엔 어제부터 자고 있었던 것처럼 코를 골다니 마술 같았다. 롤리는 '누우면 3초 안에 잠들라' 교의 교주였다. 나는 이제부터 할 말이 생겼는데 어제부터 자고 있는 것 같은 롤리를 깨울 수가 없었다.

롤리의 눈물은 나를 잠 못 들게 했다. 잠깐, 친구답지 않은, 아니 사람 같지 않은 생각을 했지만 곧 뉘우치며 딸이 보고 싶어 우는 그녀를 이해 할 수 있었다. 아이가 없는 내가 자식이 보고 싶어 우는 엄마의 마음은 이해 할 수 없을지 몰라도 누군가가 보고 싶어서 우는 마음은 누구보다도 잘 알고 있었다. 그리운 사람들과 무엇인가를 할 수 있을 때 얼마나 행복한지, 그렇지 못할 때 얼마나 고통스러운지 잘 알고 있었다. 결국 나는 그리운 것들과 이별을 제대로 하지 못해서 멀리까지 떠내려 온 것이 아닌가……

롤리의 눈물이 나를 잠 못 들게 한 이유는 또 있었다. 37살, 내 나이의 평균 현주소를 그녀를 통해서 봤기 때문이었다. 자식 걱정에 눈물을 흘릴 나이에 제 앞가림도 못해 밤마다 악몽을 꾸고 우는 꼴이라니…… 롤리가 코를 골지 않았다면 홀로 깨어 무척 슬픈 밤이었을 것이다. 나도 그녀처럼 빨리 잠들고 싶었지만 그러기엔 생각해야 하는 사람이 너무 많았다. 토론토, 멕시코까지 혼자 온 줄 알았는데 인생에서 중요했던 사람들을 다 데리고 와 버렸다. 그들과 나눌 수 없는 대화를 혼자서 하다보면 잠은 영영 오지 않았다. 롤리처럼 자는 사람은 착한 사람이다.

남편도 롤리처럼 깊이 잔다. 그는 한번 자기 시작하면 커다란 간장 항아리처럼 깜깜하고 깊은 잠을 잤다. 거짓 없고 착한 잠을 자는 그의 덕으로 나도 그렇게 자고 싶다고 늘 생각했다. 돌아가면 롤리나 남편처럼 잘 수 있을까.

#그리고 이어지는 무엇

by Catalina

아, 머리가 깨질 듯 아팠다.

손님이 적은 서울행 에어캐나다의 승무원들은 매우 친절한 모드로 바뀌어 뭐든지 달라는 대로 다 줬다. 할 수만 있다면 집에 싸가라고 챙겨 주기까지 할 태세였다. 덕분에 포도주를 4잔이나 마시고 고꾸라져 비행 내내 잤다. 인천공항이 보일 때쯤엔 속까지 쓰라렸다. 승무원들은 할 일이 줄어서 기쁜지 계속해서 명랑모드였다. 비행기 기름이 떨어져도 그녀들의 기운으로 계속 날 수 있을 것 같았다. 그 중 한 분은 내 머리끈이 너무 예쁘다며 어딜가야 살 수 있냐고 물었다.

"남대문에서 샀는데 지금은 추석연휴라 아마 문을 열지 않을거야."

속은 쓰려도 예쁘다는 말에 힘을 내어 대답해 주었다.

"연휴? 그럼, 쉬는 동안 쇼핑을 못 한단 말이야? 오~마이 갓~"

믿을 수 없다는 듯 혀를 내둘렀다. 술이 덜 깬 내 눈에 그 모습이 어찌나 절박해 보이는지 머리끈을 풀어 가지라고 줄까 싶었다.

"너 지금 오바 하는 거야."

롤리가 말려서 다행이었다. 내 곁엔 이런 사람이 있어야 했다. 어떤 면은 넘쳐서, 어떤 면은 모자라서 늘 맘 고생, 몸 고생이 많은 나에게는 이런 친구가 있어야 했다. 그 머리끈은 나도 좋아한다.

공항에서 남편을 만나면 환하게 웃으며 안겨 한 바퀴 돌기라도 하려고 했는데 머리가 너무 아파 계속 인상이 써졌다. 그러게 계획한 대로 되는 것은 그다지 많지 않은 게 인생이라든가.

짐 찾고 자동문을 빠져나와 그를 만났다. 안고 한 바퀴 돌기 같은 건 하지 않았다.

무엇보다 롤리가 걱정이었다. 추석 전날이라 쭌과 챔은 벌써 시댁에 가 있고 롤리는 여행 가방에 선물을 바리바리 들고 시댁으로 가야했다. 동태전을 부치는 순간, 여행의 끝을 느낄 것이다. 미안하지만 어쩔 수 없이 그녀를 버스에 먼저 태워 보내고 우리도 집으로 향했다.

차 안에서 나는 한 시간 넘게 입에 침을 말려 가며 수다를 떨었다. 남편은 웃다가, 맛있는 거 먹자, 그랬어? 정말? 와, 얼굴 보니까 좋다를 자주 말했다. 한 시간 넘게 떠드니 밧데리가 방전 되는게 느껴졌다.

"이제 말 그만하고 좀 쉬어. 집에 갈 때까지 자."

한 손으로 신중하게 운전대를 잡고, 한 손으론 따뜻하게 내 손을 잡았다. 아직 집에 도착하진 않았지만 남편이 있는 곳이 내겐 집이다.

자는 척 눈을 감았다.

지금 나는 어디 있는지 생각했다. 여행을 가기 전보다 나은, 아주 조금이라도 나은 사람이 됐을까 궁금했다. 아마도 나는 별로 변하지 않았을 것이다. 하지만, 나에게 상처가 있다는 것을 인정하기로 했다. 상처로부터 도망만 가지는 않을 것을 다짐했다. 팔다리를 열심히 저어 몸이 녹초가 될 때까지 살아 보기로 했다. 그래야 할 것 같았다. 그래야 먼 훗날 보고 싶은 사람들을 다시 만나면 울지 않을 것 같았다.

#엄마로, 아내로 돌아오기

by Rolly

공항에 마중 나온 남편과 차마 눈뜨고 못볼 닭살행각을 벌이는 까딸리나가 몹시도 부러웠다. 내 남편은 딸과 함께 시댁에서 제사 준비를 하고 있을 시각이었다. 이제 각자의 집으로 돌아가야 한다. 그간 둘이 말 못할 갈등도 있었지만, 이 정도면 큰 문제없이 잘 지내고 돌아온 것 같다. 적어도 따로 들어오지 말자던 다짐은 지켰다. 그 동안 우린 이제 볼 거 못볼 거 다 본 사이가 됐다. 아마 두 번째 여행은 훨씬 더 잘할 수 있을 것이다.

20여일간 24시간 함께 있던 까딸리나를 그녀의 남편에게 돌려주는 대신 딸기 아이스크림을 하나 얻어들고 리무진 버스에 올랐다. 이제 각자의 집으로 돌아갈 시간이다. 하지만 난 시댁으로 간다. 여행 짐가방을 모두 들고서.

명절 연휴라 걱정했는데 다행히 도로가 한산하다. 시차 때문인지 아직도 비행기 안에 앉아있는 것처럼 골이 띵하다. 과연 시간은 잘도 간다. 언제부턴가 모든 시간은 사라진다는 진리를 가슴에 품고 산다. 고통스런 순간에도 기쁜 순간에도 이것이 잠시 지나는 순간일 뿐이라는 생각을 하면 세상에 대수로울 것이 없다. 출산을 하는 극심한 고통 속에서도 난 스스로를 그렇게 달랬었다. '이 순간은 곧 끝난다.' 물론 그렇다고 고통이 줄지는 않았지만 결국 그 순간은 지나가버렸다. 행복한 순간도 마찬가지다. 언젠간 끝나게 마련이다.

이렇게 말하면 허무주의자 같지만, 실은 그러기에 내일 죽어도 후회없이! 순간 순간 충실히 살려고 노력 중이다. 순식간에 지나가버리는 것이 인생이기에.

우리의 여행도 끝났다. 오래 전부터 준비한 여행이라 그런지 아주 긴 여행을 하고 난 느낌이다. 이 여행의 기억만으로도 앞으로 딱 2년(!)간은 집 감옥 생활을 잘 견딜 수 있을 것 같다. 배터리가 방전될 즈음이면 아마 난 또 다시 탈출을 계획할 것이다. 그것이 또 멕시코가 될지 다른 어느 나라가 될지 모르겠지만 그때는 딸과 남편도 함께였으면 좋겠다.

버스에서 내려 마중 나와 있던 남편과 딸아이와 상봉을 했다. 딸아인 엄마를 반기면서도 어색한지 자꾸 딴청을 한다. 서운함과 미안함에 서둘러 선물보따리를 풀었다. 그제서야 밝게 웃는 아이. 남편도 지긋이 손을 잡아준다. 여행의 또다른 기쁨은 이렇게 곁에 있는 소중한 사람들을 다시 깨닫는 순간이다.

내 인생에 가장 소중한 두 사람, 사랑합니다! 그리고 감사합니다.

#에필로그

by Rolly

여행에서 막 돌아왔을 때 신띠아의 임신 소식을 들었다. 이번에도 예상치 못한 임신이었지만, 이제 이런 상황에 익숙해져가고 있다고 알렉스는 쑥스럽게 말했다. 그리고, 둘째 아들 디아고는 지난 달에 세상에 나왔다.

신띠아는 결국 취업을 또 미루고 한동안 육아에 전념해야 한다고 했다. 대신 알렉스가 방학을 맞아 회사에 들어가 열심히 돈을 버는 중이다.

호르께는 이제 막 시작한 사업으로 정신없이 바쁘다고 한다. 사업이 안정화되면 한국으로 제일 먼저 놀러오겠다고 한다.

구스따보는 무사히 결혼식을 마치고, 크레이지한 파티와 황홀한 신혼여행까지 잘 마쳤다고 한다. 그의 결혼식을 놓친 것이 두고두고 후회가 된다. 결혼식 후 바로 오는 비행기만 있었더라도 좋았을 것을……. 멕시코발 토론토 / 인천행 비행기는 매일 있는 것이 아니라 그의 결혼식을 보게 되면 3일 후에나 비행기를 타게 돼있었다. 아마 책을 낼 줄 알았더라면 무리해서라도 좀 더 있었을 것이다. 그래도 호르께의 결혼식이 남아있으니 그때를 기대해봐야겠다.

대신 구스따보 커플은 휴가를 맞아 후안 삼촌 부부를 만나러 중국에 방문한다며, 한국과 가까운 곳이라 아마도 올 수 있을 것이라고 한다. 이번에 오면 결혼식 못가서 미안한 마음을 제대로 갚아주어야겠다.

후안과 로레나 부부는 태국에서 영어를 가르치고 중국으로 건너와 초등학교에서 영어를 가르치고 있다. 만리장성에서 둘이 함께 찍은 사진을 보내왔다.

토론토에서 만남에 실패했던 소피아는 한국에 다녀갔다. 캐나다에서 비싸서 못해본 마리아 사교육을 한국에서 해보겠다며 혼자 두 아이를 데리고 친정으로 날아온 그녀는, 그러나 아들 존의 적응 실패로 계획보다 서둘러 돌아가야 했다. 그래도 챔이 그렇게 보고 싶어하던 마리아와 존을 상봉했고, 오랜만에 소피아와 즐거운 수다로 회포를 풀었다.

래리는 캐나다 런던에서 여전히 외국인을 대상으로 한 영어강의를 하고 있다. 그 사이 손녀가 또 한명 생겼고, 이제 할아버지 생활이 아주 익숙해진 듯하다.

여행 무렵 무대를 떠나있던 까딸리나는 다시 연극을 시작했다. 서울에서 제주까지 전국 각지에서 공연을 벌이고 있다. 역시나 무대 위에 있을 때 그녀는 가장 빛난다.

나, 롤리는 다시 재택근무 중이다. 그 사이 남편 쭌에게 보답차원에서 열흘 일정의 유럽여행을 선물했다. 남편들이여~ 베푸는 만큼 돌아온다.

우리는 그렇게 모두 열심히 현재를 살고 있는 중이다. 언젠가 어디선가 다시 만나길 기대하며…….

현지 통신원 호르께가 추천하는 멕시코 여행지

Jorge's Choice

우리가 다닌 곳은 주로 친구들의 집이 있는 도시였다. 그래서 호르께에게 우리가 가지 못한 도시 중 추천할 만한 여행지를 부탁했다. 그는 여행광이다.

1. Chiapas and Oaxaca :

They get a very good sense of people and traditions in mexico, indigenous people handcrafts, great food, the typical image of small colorful towns.

2. Guanajuato :

Guanajuato is a town with colonial architecture where many people from spain, france and (I dont know if its detrimental to say this US retirees live). It is very quiet, streets and walks are made from river stones which gives a unique and romantic touch to the town, it is also full of very old but beautiful decorated churches.

You should probably mention Diego Rivera (husband of Frida Khalo was born there).

3. Baja California Sur - Los Cabos :

Los cabos is a destination that is sought more by wealthier people, it is a more exclusive destination than cancun and the city is known for its great fishing, many wealthy americans and celebrities have a home there, it is also a sanctuary where whales reproduce (there are trips by boat to go see them).

마지막으로 그가 남긴 메시지

I'm single, come see me

pretty girls~~~